프랑스 음식 여행

레시피가 있는 프랑스 집밥 이야기

프랑스
음식 여행

배혜정 지음

오르골

추천의 글

저자와 '와인 친구'로 지낸 지 10년이 되었다. 저자가 소개하는 프랑스 집밥 레시피와 그에 얽힌 에피소드를 머릿속으로 따라가다 보면 어느덧 남프랑스 시골 마을에, 그르노블 시내에, 와인의 성지 본의 황금 들판 위에 서 있다. 작은 와이너리, 고즈넉한 성당, 형형색색의 채소들이 쌓여 있는 활기찬 시장으로 부지런히 쫓아갔다가 어느 때는 세잔과 함께 아몬드 과자를 먹고, 그림 그리는 고흐의 뒤에 서서 밀밭을 바라본다. 쫄깃한 모렐버섯이 들어간 쥐라 지역의 크림소스 닭 요리에 이르러서는 결국 와인 한 병을 따고야 말았다.

그 지역에서 나고 자란 식재료와 와인을 철에 맞게 챙겨 먹는 것만큼 확실한 행복은 없다.

저자의 상냥하고 따뜻한 레시피를 따라 길고 고단했던 어느 날의 저녁상을 차려보자. 마트에서 사 온 채소로 소박한 샐러드를 만들고, 오븐 속 메인 요리가 완성될 때까지 식전주 한 잔과 바게트를 곁들여 천천히 전식으로 즐긴다. 오븐에서 방금 나온 닭고기와 사근사근한 감자 요리를 와인과 함께 먹으며 가족들의 하루를 엿듣고 칭찬하고 위로하다 보면 팍팍한 일상을 이겨낼 에너지를 다시 채울 수 있다. 이때 밀랍 초를 식탁 가운데 켜 놓는 것도 잊지 말자. 제철 과일 콩포트와 치즈를 달콤한 주정강화 와인 한 잔과 곁들이면 여느 레스토랑 부럽지 않은 3코스 디너가 완성된다.

자존감을 높이는 방법은 멀리 있지 않다. 세상에서 가장 귀한 존재인 나에게, 내 가족에게 하루 한 번이라도 정성 들인 식사를 제공해 보는 것이다. 제철 식재료로 차려진 집밥을 천천히 즐기다 보면 안정감과 포근함을 느낀다. 다음 날 만나는 모든 이에게 친절할 수 있다. 나에게 내가, 어제보다 더 친절할 수 있다.

이영라(셰프, 미식 도슨트)

오래전 요리동호회에서 배혜정 님을 처음 만난 이후 베레종 레스토랑의 프렌치 셰프로, 쿠킹 클래스의 요리강사로도 접했다. 와인 디렉터로서 마리아주를 설명하는 모습도 종종 본다. 맛난 요리를 뚝딱 만들어주는 다정한 언니의 모습부터 음식과 와인의 밸런스를 일깨워주는 전문가의 포스까지, 맛있는 변신이 다채롭다. 그런데 《프랑스 음식 여행》을 읽고 나서 또 하나의 별칭을 선사하고 싶어졌다. 바로 '음식작가 배혜정'. 맛있는 음식을 넘어 맛깔난 글솜씨로 또 다른 감동을 전한다.

배 작가님의 초창기 음식으로 '가지'가 기억난다. 잘 구워서 곱게 다져진 가지가 바게트 위에 올려져 있었고, 그 맛에 반하고 말았다. 이 책을 읽으며 그때 그 요리가 바로 '가지 캐비아'임을 알게 되었다. 얇은 바게트 위의 가지는 캐비아 이상의 맛이었다.

또 이 책을 통해 프랑스가 거대한 농업국이라는 사실도 새삼 깨달았다. 당근, 양파, 비트, 근대, 가지, 호박, 양배추, 민들레, 토마토 등이 그녀의 손에 들어가면 친근한 밥상의 요리가 되어 나온다. 프랑스 음식은 뭔가 격식을 갖추고 먹어야만 될 것 같은 선입견이 깨지고, 일상의 재료에 이국의 허브나 양념이 들어가 색다른 요리로 변신한다. 먹기도 쉽고 만드는 단계도 거창하지 않은 요리를 다양하게 구현해 주는 배 작가님.

이 책엔 나도 따라 할 수 있을 것 같은 요리가 46개나 나오고 그 요리에 대한 프랑스어의 어원과 작가의 현지 경험이 맛있게 솔솔 뿌려져 있다. 그냥 읽어도 좋고, 맛있는 요리를 따라 하며 봐도 되고, 프랑스 여행을 계획해도 좋을 책이다.

책을 읽고 나니 상큼한 비오니에가 들어간 남프랑스 와인 한 병에 가지 캐비아가 얹어진 바게트를 놓고 수다 삼매경에 빠지고 싶어진다.

이윤화(식문화전문기업 ㈜다이어리알 대표)

와인 공부를 시작한 2010년 겨울. 프렌치 레스토랑 '베레종'에서 프랑스의 낯선 치즈들에 대해 친절히 설명해 주시던 배혜정 대표님의 따뜻한 음성이 아직도 생생하다. 그때부터 프랑스 치즈와 음식 그리고 와인에 매료되었다. 프랑스 와이너리 투어에서 간혹 음식이 맞지 않아 힘들어했던 것과 달리 배 대표님의 프랑스 음식들은 꼭 어머니가 해주신 집밥처

럼 입맛에 잘 맞았다.

프랑스 가정식 전문가인 배혜정 대표님의 30여 년 노하우와 이야기가 담긴 책 속의 요리 하나하나에서 베레종의 향수가 묻어난다. 미처 몰랐던 대표님의 프랑스 유학 시절 소소한 에피소드에 웃음 짓고, 메뉴 이름만 봐도 군침이 도는 추억 속 시그니처 디시 레시피에 눈이 반짝인다. 입맛을 돋워주는 상큼한 샐러드, 눈과 맛을 사로잡는 타르틴과 타프나드는 늘 디너의 시작을 알리는 요리였다. 부르고뉴 와인에 곁들였던 코코뱅 블랑과 뵈프 부르기뇽의 맛은 프랑스 그 어느 레스토랑보다 훨씬 더 깊고 부드러웠다. 연말이 되면 오붓하게 모여 라클레트 치즈를 먹으며 나눈 이야기들과 또 와인들. 지금도 프랑스 와인을 가장 좋아하고 즐겨 마시는 이유는 그처럼 행복했던 추억 때문이리라.

각각의 레시피 아래 적힌 와인 페어링 또한 놓치지 않기를 바란다. 지금 당장 파리 시내 비스트로에 앉아 와인 한 잔 곁들이고 싶을 정도로 가슴이 설렐 것이다. 또 이 책을 들고 프랑스 어느 마을의 마켓으로 장 보러 가고 싶어질 수도 있다. 미식의 나라 프랑스의 '집밥'을 가장 맛있게 즐길 수 있는 방법! 배혜정 대표님의 숨겨놓았던 레시피와 이야기로 가득한 이 책이 당신의 '프랑스 음식 여행'을 풍성하게 해줄 것이라 자신한다.

정미현(싱가포르 Park90 그룹 헤드 소믈리에)

차례

2장　든든한 단품 한 끼

3장　치즈와 와인과 디저트

4장 프랑스 문화에 담긴 맛

일러두기

- 맞춤법과 외래어 표기는 현행 '한글 맞춤법 규정'과 《표준국어대사전》(국립국어원)을 따랐다(아뮈즈부슈, 장봉, 카르파초, 파르시 등). 단 글의 흐름상 필요한 경우, 관용적 표기나 일부 구어체는 그대로 살렸다.
- 책·정기 간행물은 《 》로, 글·영화·노래·방송 제목은 〈 〉로 표기했다.
- 프랑스의 인명, 지명, 음식명, 재료명 등은 기본으로 프랑스어를 쓰되, 이미 굳어진 외래어는 관용적 표기에 따르고 필요시 프랑스식 발음을 이탤릭체로 병기했다(라타투이[*라타투유*], 세이보리[*사리에트*], 엔다이브[*앙디브*] 등).
- 일부 요리 관련 용어는 현장에서 쓰는 단어로 표기하고 필요시 각주를 달았다(그라브락스, 유질감, 채수, 크리미하다 등).
- 외래어로 된 작품명과 상품명은 외래어 표기 규정에 따랐고, 외국 서적의 경우 국내 번역본 제목으로 적었다.

> 본문의 레시피는 기본 '4인분 기준'이며, 계량 단위 큰술은 수프 먹는 숟가락(Cs, 15g), 작은술은 커피 스푼(Cc, 5g)에 해당한다.

들어가며

⌒

    학창 시절 아버지를 따라 한 달 일정으로 유럽을 여행한 적이 있다. 그중 프랑스에서는 파리에 사는 친구를 만나 여기저기 관광도 하고 박물관, 미술관에서 오래도록 그림을 보기도 했다. 그 이듬해 결혼했고, 몇 년 후 대학원 논문 학기에 남편은 건축 공부를 위해, 나는 미술사 논문 자료를 들고 다시 프랑스로 갔다.

    금방 돌아올 줄 알았는데 생각했던 것보다 오래 걸려, 그곳에서 무려 7년 정도의 시간을 보내게 되었다. 훗날 돌아올 때는 가져갔던 논문 관련 자료와 함께 평소 곁에 두고 보던 요리 잡지와 책까지 들고 귀국했다. 프랑스 요리와의 인연은 그렇게 시작되었다.

    프랑스로 떠나기 전 국내에서 요리를 전문적으로 배운 적은 없다. 솜씨 좋은 친정엄마의 요리를 어깨 너머로 익히고, 늘 계량컵과 조리 저울을 사용하시는 시어머님의 요리 습관을 1년여

동안 보고 떠난 게 전부였다. 낯선 이국땅에 정착한 유학생들이 그러하듯 우리의 시작도 고국에서 부모님이 보내주신 된장, 고추장과 함께였다. 그러나 첫해 무더웠던 여름에 고추장 소포가 완전히 터져서 오는 대참사 이후 식재료 소포는 더 이상 받지 않았다.

트렁크를 끌고 잠깐 프랑스를 여행하는 것과 그곳에서 '사는' 것은 천양지차이다. 큰 살림살이는 아니어도 그릇을 장만해야 하고, 일주일에 한 번씩 장을 보며, 매일 음식을 만들어 먹어야 하는 것이다.

학교에 다니고 육아에 신경 쓰느라 정신없는 와중에도 틈틈이 프랑스 요리책을 사서 조리법을 익혔다. 그리고 여유 시간이 생기면 실생활 언어도 향상시킬 수 있는 요리 및 재봉, 그림 수업의 문을 두드렸다. 무엇보다 가장 큰 수확은 살면서 쌓은 생생한 경험이었다. 장을 보며 낯선 재료를 하나씩 알게 되었고, 서툰 요리 솜씨는 시행착오를 거치면서 조금씩 나아져 손님을 초대하기에 이르렀다.

프랑스에서의 삶이 익숙해지고 그들의 식생활을 찬찬히 들여다보니 보통 프랑스 가정에서 쓰는 식재료도 우리와 크게 다르지 않았다. 난생 처음 보는 재료도 있었지만, 대개는 일상적인 재료를 언제, 어떻게, 어떤 요리로 해 먹느냐의 차이였다. 아무리 프랑스가 '미식의 나라'라 해도 진미로 일컬어지는 캐비아, 송로버섯 등은 아주 특별한 날 외에 쉽게 만나는 재료가 아니었다.

프랑스 주부들이 가정에서 준비하는 집밥은 주로 단골 빵집에서 사 온 바게트와 시장에서 사 온 잎채소로 만드는 샐러드, 다양한 뿌리채소와 열매채소를 이용한 음식, 오일과 버터가 들어간 생선 요리, 와인에 푹 조린 스튜 등이었다. 물론 일요일에는 전통처럼 내려오는 '선데이 닭'을 굽고, 그뤼에르 치즈를 넉넉히 덮은 그라탱을 만들어 가족들과 나눠 먹으며 소소하게 와인을 곁들이기도 한다.

우리와 가장 다른 점이라면 프랑스는 목축이 발달한 나라여서 염소나 양, 소의 젖으로 만든 수백 종의 치즈를 먹을 기회가 많다는 것이다. 그리고 집에서 후식으로 우리처럼 생과일을 먹기보다는 쉽고 간편한 디저트를 자주 만들어 먹는다.

이 책에서는 이처럼 우리와 '같은 재료'로 '다른 음식'을 만들어 먹는 프랑스의 음식과 문화를 소개했다. 프랑스 사람들이 가정에서 자주 먹는 음식을 중심으로, 프랑스 각지에 여행 가서 접할 수 있는 식당 메뉴도 담아보았다. 아울러 미술사와 연결하여 화가와 음식 이야기도 가볍게 '곁들임'으로 내놓았다.

프랑스에 살 때 매일 해 먹던 집밥, 고국에 돌아와 수년간 프렌치 레스토랑 베레종을 운영할 때 인기 있었던 메뉴들, 최근 업

무차 와이너리를 탐방하며 얻은 경험, 남편과 함께 프랑스 곳곳을 여행하며 맛본 지역 음식들…. 이 가운데 프랑스의 삶을 반추하며 언급한 추억의 음식들은 지금도 여전히 우리 집 주방에서 현재 진행형으로 만들어 먹는 것들이다.

이 책은 네 개의 장으로 나뉘어 채소를 이용한 프랑스 가정식, 든든한 단품 한 끼, 치즈와 와인과 디저트, 프랑스 문화에 담긴 맛과 관련된 이야기를 담고 있으며 각 내용별로 프랑스 가정식 레시피가 들어 있다.

46가지 레시피의 난이도는 쿠킹 클래스 초보자들도 쉽게 따라 할 수 있는 음식부터 현지 로컬 식당에서 내놓는 전문적인 음식에 이르기까지 골고루 분포되어 있다. 음식 재료는 국내에서 쉽게 구할 수 있는 식재료 위주로 선정했으며, 프랑스 음식과 떼려야 뗄 수 없는 와인도 함께 매칭해 놓았다. 프랑스에서는 와인을 물처럼 가볍게, 때로는 약처럼 꼼꼼히 따져가며 음식에 맞춰 마시기도 한다. 이 책에서는 집에서 식사하며 부담 없이 마실 수 있는, 적당한 가격의 와인 위주로 소개했다.

'프랑스 요리'라고 하면 요리 자체의 어려움보다 '프랑스어'라는 장벽에 가로 막히는 경우가 많다. 그래서 이해를 돕고자 우리에게 이미 굳어진 외래어와 프랑스어를 가급적 함께 써놓았다. 코로나 엔데믹 이후 해외로 나가는 이들이 부쩍 늘었다는데,

이 책은 현지에서 낯선 프랑스어 메뉴판을 읽는 데도 도움이 되리라 기대한다. 또 여행지에서 경험했던 그 특별한 맛을 우리 집 식탁에서 재현하는 즐거움도 만끽해 보기 바란다.

젊은 시절, 미술사 공부로 시작한 여정은 프랑스 음식과 만나 '요리'의 길로 이어졌으며 그 작은 결실을 이 책에 담았다. 내가 아는 것은 어쩌면 작은 모래알에 불과할지도 모른다. 하지만 이 모래알들이 낯선 프랑스 요리와 문화에 가까이 다가서는 데 작은 보탬이나마 되면 기쁘겠다. 그래서 우리의 삶이 좀 더 특별하고 풍성해지기를.

이 책을 만들면서 '나의 프렌치 퀴진(요리)'에 대해 돌아보고 또 새롭게 배우는 기회를 얻게 된 것도 감사한 일이다.

2023년 가을

배혜정

1장

채소를 이용한 프랑스 가정식

프랑스 들판에서
처음 만난 민들레

오래전 4월, 우리 부부가 공부하겠다고 프랑스로 건너가 처음 자리 잡은 곳은 프랑스 남동부 론알프Rhône-Alpes 지방의[1] 산악 도시 그르노블Grenoble이었다.

서울에서 그곳의 집을 꼼꼼히 따져가며 구할 수 없어 누군가에게 일임했는데, 그렇게 구한 첫 집은 시내 중심가 오래된 아파트의 꼭대기 층이었다. 작은 창문으로 들어오는 볕은 충분치 않았다. 그래서 봄볕을 쐰다는 구실로 시야가 탁 트인 들판으로 놀러 나갔다.

드넓고 푸르른 자연을 마주하니 마음이 한결 편안해졌다. 저 멀리 산에서 내려온 패러글라이더들이 하늘 위에 오색찬란한 무늬를 수놓으며 유영 중이었다. 그 모습을 한동안 목이 아프도록 쳐다보다가 고개를 떨궈보니 여기저기 민들레, 야생 부추가 피어 있었다.

산책 겸 해서 슬슬 근방을 돌아보니 동네 주민인 듯한 이들이 열심히 민들레를 뜯고 있었다. 어린 시절, 살짝 데친 뒤 무쳐 먹는 봄나물로 민들레가 밥상 위에 올라왔던 희미한 기억이 떠올랐다. 반갑기도 하고 호기심이 발동하여 한 아주머니에게 다가가, 민들레로 무엇을 하냐고 더듬더듬 물었다. 그녀는 나를 한 번 쳐다보고는 씩 웃으며 샐러드를 만들어 먹는다고 답했다.

차 트렁크에서 비닐봉지를 꺼내 와 파릇파릇 올라온 여린 민들레와 야생 부추를 뜯는 일에 동참했다. 잠깐 동안인데 금세 봉지가 채워져 더 이상 욕심을 내지 않아도 되었다.

이국 생활을 시작한 지 한 달도 안 된 때여서 프랑스 사람들이 민들레 요리를 얼마나 자주 해 먹는지는 알 수 없었으나 여하튼 나물거리를 찾았으니 뭐라도 해볼 생각이었다. 봄 냄새 듬뿍 맡고 집에 돌아오자마자 몇 권 안 되는 프랑스어 요리책을 뒤져보았다.

책에서 본 민들레 요리는, 화이트 와인 식초와 오일을 섞은 '비네그레트소스'로 살살 버무린 샐러드였다. 그래서 집에 있는 재료를 모아 대충 따라 해보고, 부추는 친정엄마가 하시던 것을 어깨너머로 본 게 있어 밀가루와 달걀을 섞어 부침개를 만들었다. 시간이 흐른 뒤 프랑스 사람들은 주로 민들레를 리옹식 샐러드Salade lyonnaise나 허브 차 재료로 이용한다는 사실을 알게 되었다.

민들레는 프랑스어로 '피상리pissenlit'인데, 잎 가장자리의 뾰족한 모양이 사자 이빨을 닮았다 하여 당드리옹dent-de-lion, 즉 '사자의 이빨'이라고도 부른다. 요즘은 샐러드용 잎채소들이 다양해져서 예전처럼 민들레를 자주 먹진 않지만, 특유의 쌉쌀한 맛이 입맛을 돋워주는 봄날의 별미라 할 만하다.

몇 가지 재료를 추가해서 만든 '나의 민들레 샐러드'는 민들레 꽃과 잎, 흰 갓털을 연상시키는 노랑, 초록, 하양 믹스 샐러드이다. 짧은 봄날 들녘에서 초록 잎으로 시작하여 노랗게 피고, 하얗게 지는 민들레의 한 사이클을 보며 아이디어를 떠올렸다. 접시(노랑 또는 초록)에 민들레 여린 잎을 수북이 담고, 달걀의 노른자와 흰자로 민들레 꽃과 갓털을 표현한 뒤 소스를 입힌다.

봄이 되어 민들레 샐러드를 만들어 먹을 때면 프랑스 들녘에서 민들레와 처음 만났던 그 시절이 눈에 아른거린다. 어린 시절 엄마가 만들어주신 봄나물을 내가 어른이 돼서도 기억하듯이 프랑스 사람들에게도 민들레 샐러드는 엄마가 해주셨던 추억의 음식일 듯하다.

민들레 샐러드

연한 민들레 한 줌(넉넉하게)	삶은 감자 1개	소금·후추 약간
치커리 약간	식초 4큰술	올리브오일 적당량(선택)
삶은 달걀 2개	식용유 6큰술	설탕 약간(선택)
베이컨 2줄	머스터드 1작은술	

1   민들레와 치커리는 순하고 여린 잎으로 준비하여 깨끗이 씻어 물기를 제거한다.

2   데치지 않고 먹기 직전에 식초와 식용유, 소금, 후추, (설탕 약간), 머스터드를 섞은 소스에 살살 묻힌다(또는 민들레 위에 직접 뿌려도 된다).

3   삶은 달걀 1개는 2등분하고, 나머지 1개는 흰자와 노른자를 따로 분리해서 흰자는 작게 자르고 노른자는 체에 내려놓는다.

4   삶은 감자는 네모나게 잘라놓는다.

5   베이컨은 잘라서 노릇하게 굽는다.

6   넓은 샐러드 접시에 민들레와 치커리 잎을 담고 2등분한 달걀, 감자와 베이컨을 올린다. 이어서 흰자와 노른자를 골고루 뿌린다.

7   마지막으로 올리브오일을 원하면 먹기 바로 전에 전체적으로 살짝 뿌려준다.

 와인은 소스의 산미와 부딪치지 않도록 베이컨과 감자를 잘 섞어서 함께 먹도록 한다. 추천 와인은 보졸레 빌라주(Beaujolais Village) 레드나 코트 뒤 론(Côtes du Rhône) 레드 등.

어떤 코스에도 다 되는
샐러드 예찬

    나는 샐러드를 무척 좋아해서 세끼를 모두 샐러드로 먹기도 한다. 그린 샐러드만 먹을 때도 있지만 대부분은 냉장고 속 재료 사정에 따라 이것저것 섞어서 먹는다. 계절마다 그때그때 마트에 나오는 잎채소나 뿌리채소, 열매채소를 챙겨 먹는 편이며 푸짐하게 먹고 싶은 날에는 달걀이나 감자, 베이컨 등을 넣는다.

    샐러드^{salade}는 프랑스어로 '살라드'라고 발음한다. 이것은 잎채소를 통칭하는 말이자 '푸른 잎채소와 허브를 손으로 작게 잘라 식용유, 식초, 소금에 버무린 염분이 있는 음식'을 가리키는 말이다. 소금을 뜻하는 라틴어 'sal'에서 그 기원을 찾을 수 있으며 프로방스 방언인 'salada'에서 빌린 단어이기도 하다.

    '프랑스 요리계의 아버지'라고 불리는 거장 오귀스트 에스코피에는 자신의 방대한 요리책 《요리 가이드》[2]에서 샐러드에 이용하는 푸른 잎채소들을 나열하고 있다. 이는 로메인상추, 치커리, 엔다이브(앙디브), 셀러리, 콘샐러드(마슈), 민들레, 물냉이(크레송) 등으로 100년 전이나 지금이나 프랑스 식탁에서 여전히 즐겨 먹는 샐러드 재료이다.

맛있는 샐러드의 비법이자 핵심은 신선하고 질 좋은 재료와 그에 어울리는 '소스'이다. 소스는 재료들을 서로 연결해 주면서 간도 맞추고 풍미와 질감을 좋게 하기 때문이다.

우선 샐러드의 잎채소는 물기를 완전히 털어낸 후 신선한 곳에 보관한다. 물기를 제거해 주는 '채소 탈수기'를 이용하면 좀 더 편리하다. 익힌 채소의 경우는 열기가 아직 남아 있는 상태에서 소스를 버무리면 더 잘 스며든다. 마지막으로 소스는 별도의 주문 사항이 없으면 항상 먹기 직전에 넣고 간을 체크하면서 버무리는 것이 좋다.

계절에 따라 봄에는 연하고 파릇한 잎채소와 생生치즈, 염소치즈를 이용하고, 여름에는 잎채소에 허브, 열매채소, 해산물, 바비큐 고기를 올리며, 가을에는 버섯, 견과, 건과를 첨가하고, 겨울에는 곡물과 뿌리채소, 숙성 치즈를 많이 이용한다. 이렇게 샐러드를 만들어 먹으면 제철 재료를 골고루 섭취할 수 있다.

프랑스에서는 지역별 재료를 이용한 샐러드가 많다 보니 메뉴에도 각각 지역 이름을 붙여 니스식 샐러드Salade niçoise, 리옹식 샐러드Salade lyonnaise, 파리식 샐러드Salade parisienne, 사부아식 샐러드

Salade savoyarde, 랑드식 샐러드Salade landaise라 부른다. 이 샐러드들은 잎채소 위에 치즈, 베이컨*(라르동)*, 햄*(장봉)*[3], 소고기, 오리가슴살, 참치, 새우, 연어, 올리브, 과일 등 다양한 재료를 올려서 만든 것으로, 영양과 풍미가 가득하다.

프랑스 여행 중 음식이 입맛에 맞지 않아 고전하다 보면 '김치 한 조각만 먹었으면' 하는 마음이 간절해질 것이다. 그럴 때 레스토랑의 메뉴에서 새콤한 샐러드를 찾아보라. 또는 마트에 가서 바로 먹을 수 있게 완제품으로 나와 있는 샐러드를 이용하는 것도 좋은 방법이다.

그중에서 특히 비트 샐러드, 오리엔탈 타불레 샐러드, 당근 샐러드 등 3종은 프랑스인들이 가장 즐겨 먹는 샐러드이며, 집에서도 짧은 시간 내에 만들 수 있다. 그 밖에 내가 특히 좋아하는 보리 샐러드는 다른 음식 없이 단품 식사로 먹어도 훌륭하다. 여름에는 시원한 느낌이 나도록 투명한 유리그릇에 담으면 보기에 더 좋다.

비트 샐러드

비트 1개
방울토마토 10개
발사믹 식초 3큰술
올리브오일 6큰술
홀그레인 디종 머스터드 1큰술
설탕 1작은술
소금·후추 약간
바질 잎 5장

1   비트는 찬물에 넣고 30~40분 동안 삶는다. 삶은 비트는 껍질을 벗겨 주사위 모양
     으로 자른다.

2   방울토마토는 2등분한다.

3   소스 그릇에 발사믹 식초와 올리브오일, 머스터드, 소금, 설탕, 후추를 넣고 섞는다.

4   비트와 방울토마토, 소스를 넣고 버무린다. 샐러드 그릇에 담고 바질을 잘라 올린다.
     차갑게 먹는다.

오리엔탈 타불레 샐러드

쿠스쿠스 파스타 200~250g
큰 토마토 2개
파프리카(노랑, 주황) 1/2개씩
오이 1/2개
올리브오일 5~6큰술
레몬즙 1개 반
민트 잎 10장
파슬리 5줄기
디종 머스터드 1큰술(선택)
소금·후추 약간
물(끓는 물)

1　샐러드 볼에 파스타와 소금을 넣고 뜨거운 물을 파스타 위치까지 붓는다. 랩을 씌우고 10분 정도 놓아둔다.

2　랩을 벗기고 포크로 긁어 덩어리를 곱게 풀어준다. 잠시 열을 식힌다.

3　토마토는 씨를 제거한 뒤 작게 자르고, 파프리카와 오이는 작은 큐브로 자른다.

4　익힌 파스타에 레몬즙을 넣어 버무리고 올리브오일과 머스터드를 넣어 잘 섞은 다음, 자른 채소와 곱게 채 썬 파슬리와 민트를 넣고 섞는다. 먹을 때 올리브오일을 좀 더 추가해도 된다.

5　소금, 후추로 간하고 냉장 보관하여 차갑게 먹는다. 계절에 따라 실온에 놓고 먹어도 된다.

당근 샐러드

당근 2개
사과 1/4개(선택)
커민 약간(선택)
비네그레트소스
＊ 소스 재료 : 식초 3큰술, 식용유 3큰
술, 올리브오일 4~6큰술, 디종 머스터
드 1/2큰술, 설탕 1작은술(선택), 소금·후
추 약간

1   뚜껑이 있는 유리병이나 오목한 볼에 소스 재료를 모두 넣고 잘 섞어 비네그레트소
     스를 만든다.

2   당근을 곱게 채 썰어놓고, 사과(선택)도 당근 크기로 채 썬다.

3   샐러드 볼에 당근과 사과를 담고 소스로 버무린다. 원하면 커민을 약간 넣는다.

4   30분 정도 차게 보관했다가 먹는다.

보리, 토마토, 새우, 가리비 샐러드

보리 100g
방울토마토 10개
드라이 토마토 10개
바질 잎 5장
케이퍼 1큰술

파프리카 1/2개
다진 파슬리 1큰술
올리브오일 50ml+
화이트 와인 식초 약간
소금·후추·레몬즙 약간

익힌 새우 10마리(또는 가리
비 관자, 오징어, 주꾸미 등 중복
선택)

＊ 보리 삶을 때 : 월계수 잎 1장, 셀러리 1줄기

1   냄비에 물을 넣고 끓으면 보리와 셀러리, 월계수 잎을 넣고 20~30분간 삶는다. 물기를 제거하고 식힌다.

2   방울토마토는 4등분, 바질은 채 썰고, 케이퍼는 씻어 물기를 제거한다. 파프리카는 큐브로 자르고, 새우는 가로로 2등분한다.

3   샐러드 볼에 방울토마토와 올리브오일을 넣고 섞은 다음 소금, 후추로 간하고 바질도 넣어준다.

4   케이퍼, 파프리카, 새우, 파슬리를 넣고 기호에 맞게 레몬즙, 식초도 섞는다.

5   재료들을 살살 섞은 다음 〈1번〉의 '삶은 보리'를 첨가한다. 간을 확인해 싱거우면 소금 간을 더 하고, 기호에 따라 올리브오일도 첨가한다.

6   차갑게 보관한 후 꺼내 오목한 유리그릇에 담는다.

 이들 샐러드에는 타벨(Tavel), 방돌(Bandol), 보르도(Bordeaux) 지역 등의 로제 와인을 곁들여 보길.

니스에 가면 진짜
니스식 샐러드를 먹을 수 있을까?

몇 년 전 5월, 우리 부부는 남프랑스를 여행하기 위해 니스^{Nice}로 떠났다. 유학 생활 후 처음 찾은 것이니 강산이 두 번은 변했을 만큼 많은 시간이 지나서였다.

니스 시내 중심부 마세나 광장^{Place Masséna}에 위치한 호텔에 짐을 풀었다. 아침이 되어 막 떠오른 태양이 광장 구석구석을 비추자 트램 길을 가로지르는 출근객들의 모습이 한눈에 들어왔다.

1층 카페에서 크루아상과 커피, 오렌지주스를 부리나케 먹고 나와 건너편 시장을 구경하러 갔다. 시장으로 통하는 올리브나무 가로수 길을 따라 기념품 가게, 관공서 등이 늘어서 있었다. 문을 열기에는 아직 이른 시각이었다.

저만치 시장 입구가 보이자 나도 모르게 걸음이 빨라졌다. 탐스러운 작약과 노동절의 상징인 하얀 은방울꽃, 그리고 화분에 핀 철 이른 보랏빛 라벤더가 나를 반겨주었다. 그 꽃들을 보니 남프랑스에 왔다는 게 실감 났다.

5월을 상징하는 은방울꽃을 산 다음 프로방스의 허브와 채소들을 구경하기 시작했다. 붉은 빛깔이 선명한 토마토, 줄기를 매끈하게 땋아놓은 로트렉 마늘, 싱싱한 포기상추를 비롯하여 아티초크artichaut, 울긋불긋 올리브, 펜넬, 꽃 달린 날씬한 호박, 그 옆으로는 드라이 토마토, 건과, 견과 등이 가판대에 층층이 담겨 있었다. 진열된 채소들을 보니 '니스식 샐러드(니수아즈 샐러드)'를 만들고 싶어졌다. 눈으로는 벌써 아침부터 음식을 몇 개나 만들어 먹은 듯했다.

니스는 샐러드의 본고장답게 정통 니스식 샐러드 재료에 엄격한 규칙이 있다고 한다. 니스 시장이었던 자크 메드생은 자신의 요리책《니스의 맛있는 요리》4에서 "익힌 건 오로지 삶은 달걀만 들어가는 샐러드가 바로 니스식 샐러드"라고 말했다. 그렇지만 예외 없는 규칙은 없듯이 가는 곳마다 조금씩 다른 니스식 샐러드가 나온다. 자크 메드생의 규칙대로라면 시장에서 본 채소들 가운데 우선 어리고 작은 이파리 모듬인 메스클랭mesclun을 올린 뒤 토마토, 양파, 아티초크, 오이, 니스산 올리브, 콩, 바질, 피망 등을 담는다.

해산물을 곁들일 때는 참치와 앤초비를 절대로 동시에 놓지 않는다고 하니 둘 중 하나만 올린다. 또한 소스로 식초를 써서는 안 되고 올리브오일과 소금, 후추만 사용해야 한다. 마지막 조언에 따르면 그린빈, 감자, 밥, 옥수수도 넣지 않는다. 물론 봄에는 봄철 채소를 이용하는 등 각 계절별로 들어가는 채소는 조금씩 바뀐다.

규칙이 조금 복잡해 보이지만 종합해 보면 싱싱한 제철 채소와 삶은 달걀을 넣고, 앤초비나 참치 중 하나를 선택한 다음 올리브오일과 소금, 후추로 간하고 버무려서 맛나게 먹으면 되는 것이다.

시장 구경 후 점심을 먹기 위해 마세나 아케이드를 지나 식당에 들어갔다. 메뉴판에서 전채요리(앙트레)로 샐러드와 농어 카르파초, 그리고 주요리(플라)로 해물 파에야를 주문하고 와인은 코트 드 프로방스Côtes de Provence 로제 와인을 골랐다. 관광도시답게 메뉴판은 여러 개의 외국어로 쓰여 있었다. 아주 오래전부터 따뜻한 니스를 즐겨 찾았다는 러시아인들이 우리 뒷자리에 앉아 식사 중이었다.

전채요리를 주문할 때 설명을 읽었는데도 니스풍 샐러드가 나오기를 내심 기대했다. 마침내 등장한 샐러드의 반은 루콜라가 차지했고 그 위에는 아티초크가 수북이 쌓여 있었다. 마치 대패로 민 듯(물론 치즈 칼로 밀었겠지만) 얇게 썬 파르메산 치즈가 넉넉히 올려져 있었으며, 진한 발사믹소스가 흩뿌려져 나왔다.

비록 각종 채소가 들어간 니스식 샐러드는 아니었지만 별로 아쉽지는 않았다. 언제 또 이렇게 부드러운 아티초크를 많이 먹어보겠는가! 서울에서는 너무 비싸서 감질나게 조금씩밖에 못 먹던 아티초크를 주 생산지인 니스에서 푸짐하게 먹고 나니 왠지 특별한 느낌이 들었다.

아티초크는 소금기가 많은 토양, 해안가에 자생하는 식물로 프랑스와 이탈리아에서 많이 먹는다. 지중해가 산지인 아티초크는 16세기 피렌체 메디치 가문의 카트린이 프랑스 앙리 2세에게 시집 올 때 함께 건너왔다. 프로방스 지역에서는 봄과 9~12월이 제철이며, 북쪽 브르타뉴 지역에서는 5~11월 시장에서 많이 볼 수 있다.

1990년대 어느 날 프랑스에서 치음 아티초크를 접했던 때가 생각난다. 식당 옆자리에 앉은 손님이 삶은 아티초크 잎을 하나

하나 뜯어서 치아로 긁어 먹는 희한한 광경을 보고 놀랐다. 도대체 무슨 맛이기에 종잇장처럼 얇은 이파리 하나하나를 정성을 다해 긁어 먹는 것인지. 그 손님이 나간 뒤 접시 위에 수북이 쌓여 있는 이파리를 보고 또 한 번 놀랐다.

나는 아티초크의 이파리보다는 잎 아래쪽의 부드러운 심 부분을 좋아한다. 맛이 순하고, 식감은 마치 추석에 먹는 토란이나 푹 삶은 감자와 비슷하다. 여기에 마요네즈나 크림소스를 곁들이면 잘 어울린다.

니스를 비롯한 남프랑스의 요리에서는 채소가 주된 재료가 되어 고기, 생선 못지않게 식탁을 풍성하게 만든다. 더욱이 크리스마스 같은 날에도 고기 대신 채소와 생선만으로 화려하고 멋진 식탁을 꾸민다고 하니, 채소와 생선을 좋아하는 내 기준에서 니스는 그야말로 파라다이스임이 분명하다.

Salade niçoise

니스식 샐러드

토마토 1개	삶은 달걀 1개	식초 3큰술(선택)
로메인 1/2개	올리브 5~6개	식용유 3큰술
루콜라 잎 약간	케이퍼 약간	올리브오일 4~6큰술
비타민 약간	참치(캔, 오일을 제거한) 약간	소금·후추 약간
치커리 약간	앤초비 필레 2~3줄(선택)	바질 잎 3장

1 로메인, 루콜라, 비타민, 치커리는 씻어 물기를 제거하고 차갑게 준비한 후 손으로 적당히 잘라 접시 전체에 담는다.

2 토마토는 10등분하여 잎채소 위에 돌려 올린다.

3 삶은 달걀도 6등분하여 올린다. 참치나 앤초비도 균형 있게 올린다.

4 올리브, 케이퍼를 뿌려주고 바질은 중앙 위에 올린다.

5 뚜껑이 있는 유리병에 식초(선택), 식용유, 올리브오일, 소금, 후추를 넣은 뒤 뚜껑을 닫고 힘차게 몇 번 흔들어 소스를 섞어준다. 소스는 가능한 한 먹기 직전에 샐러드 위에 골고루 뿌려주거나 살살 버무려준다. 미리 뿌려놓으면 싱싱한 이파리들이 숨이 죽는다.

 와인은 식초를 넣은 소스와 직접 부딪치면 그 맛이 살지 않으나, 오일 베이스 소스라면 프로방스(Provence) 지역의 화이트 와인이나 로제 와인을 곁들여 보길.

사계절 내내
'뜨거운 감자'

　해외여행이나 출장으로 낯선 곳에 가면 무엇을 먹을지 고민하게 된다. 그래서 식당에 들어서기 전 입구의 메뉴판부터 살펴본다. 잘 아는 음식을 찾아 먹기도 하지만 가끔은 일부러 그 지역 음식을 선택한다.

　내가 살았던 그르노블은 '그라탱 도피누아Gratin dauphinois', 즉 도피네식 그라탱으로 유명하다. 도피네는 그르노블이 속한 지역의 예전 지명이다. 그라탱 도피누아의 주재료는 '감자'이며, 주요리에 곁들여 나오는 사이드 음식으로 사랑받고 있다. 우리가 흔히 '감자 그라탱'이라고 부르는 그것이다.

　그라탱 도피누아는 감자와 우유(또는 크림), 마늘을 넣어 만든다. 그런데 도피네 인근 사부아Savoie 지역에서 만드는 '사부아식 그라탱'은 감자와 우유에 치즈를 올린다. 나는 치즈가 없는 날은 도피네식으로 만들고, 에멘탈이나 그뤼에르 치즈가 있을 때는 감자와 크림 위에 곱게 간 치즈를 수북하게 올려 사부아식으로 요리했다. 사부아식 그라탱의 맛이 훨씬 진하다. 치즈가 더해져 풍부한 맛과 향을 내기 때문이다.

뜨거운 오븐에서 막 나온, 겉이 노릇하게 구워진 감자는 우리의 식욕을 불러일으킨다. 바삭한 표면과 달리 속은 부드럽다. 고소한 크림에 살짝 덧입혀진 마늘과 너트메그^{nutmeg}의 연한 향이 올라오면 저절로 입이 먼저 다가가 호호 불게 된다.

어느 추운 겨울, 보졸레^{Beaujolais} 지역의 시골 마을을 지나다가 점심을 먹기 위해 모퉁이 식당에 들어갔다. 식당 안에는 우리 같은 외지 손님은 보이지 않고 동네 주민들만 모여 식사 중이었다. 그들 중 몇몇은 낯선 우리를 쳐다보았다. 그러다 눈이 마주치면 살며시 미소를 지었다.

30분이 지나서야, 주문한 소고기구이와 함께 그릇 가장자리가 많이 그을린 그라탱이 따라 나왔다. 순전히 그라탱을 보고 선택했던 음식이다. 그릴에서 금방 꺼냈는지 서빙하는 남자는 두꺼운 장갑을 낀 채 그릇을 들고 와 식탁 위에 내려놓았다. 그릇을 만져보니 생각보다 훨씬 뜨거웠다. 감자의 열기를 식히고 나서 혀가 델까 봐 불어가며 먹었다. 그리고 보졸레 지역에 왔으니 이 고장 와인인 시루블[5]을 곁들였다.

작은 마을에서 만난, 제대로 뜨거운 감자 그라탱. 남편과 나는 한 입 먹어보고는 고기보다 먼저 그라탱 그릇부터 비웠다. 비록 맨 윗부분은 탔지만 속은 크림과 감자가 겹겹이 층을 이루어 사르르 녹는 맛이었다. 그 맛에 빠져 먹는 동안에는 미처 몰랐는데, 다 먹고 보니 입천장이 벗겨져 화끈거렸다.

프랑스 낯선 지역에 가서 메뉴를 고를 때 이제 사이드 음식은 고민하지 않아도 된다. 사계절 내내 '뜨거운' 감자 그라탱을 만날 수 있으니까. 그러나 뭐니 뭐니 해도 추운 겨울에 먹는 감자 그라탱이 제일인 듯싶다.

감자 그라탱

감자 1kg
우유 500ml
생크림 500ml
마늘 2쪽
너트메그 가루 약간
타임 약간
소금·후추 약간
버터 30g(선택)
그뤼에르 치즈 100g(선택)

1 냄비에 우유, 생크림을 넣고 타임과 마늘 1개(또는 다진 마늘)를 첨가한 다음 불을 켠
   다. 감자를 얇게 슬라이스해서 우유, 생크림, 너트메그, 타임 속에 넣는다. 끓어서 뽀
   글뽀글 방울이 생기면 불을 끄고 익힌 감자를 건져낸다.

2 오븐은 180도로 예열하고 나머지 마늘을 두 쪽 내서 그라탱 그릇 벽에 비빈다. 익힌
   감자를 담고 우유, 생크림 끓인 것(600ml)을 붓는다. 소금, 후추로 간하고 (원하면 치
   즈를 뿌리고 나서 버터를 군데군데 올린 후) 오븐에 넣어 굽는다.

3 45분 정도 구워 겉이 노릇해지면 오븐에서 꺼낸다. (치즈를 넣을 경우 반은 감자 속에 넣
   고, 반은 마지막에 위에 뿌려도 된다.)

🍷 사부아(Savoie)나 쥐라(Côtes du Jura), 부르고뉴(Bourgogne) 등의 화이트 와인 추천. 메인인 고
   기에 곁들여 먹는 그라탱이라면 코트 뒤 론 빌라주(Côtes du Rhône Village) 레드 와인과도 매
   칭해 보길.

마르셰에서 만난
채소들

프랑스어로 시장을 '마르셰marché'라고 하는데, 우리나라에서도 같은 이름의 직거래 시장이 열리고 있다. 프랑스 주부들은 시장에 가서 어떤 채소를 살까? 결론부터 말하자면 우리와 별로 다르지 않다. 매일 식탁에 오르는 채소들 중 감자 몇 개만 있으면 그라탱을 하고, 당근 한두 개면 샐러드를 만든다. 또 대파 한 개도 육수를 내는 데 보탬이 된다.

프랑스 사람들은 그런 재료들을 또 다른 재료와 결합시켜 우리와 비슷한 듯 다른 메뉴를 만들어 먹는다. 그들의 가정식 요리를 열거하면 우리 귀에 익거나 먹어본 음식도 꽤 있을 것이다. 프랑스에서 고기나 생선을 먹을 때 곁들이거나 또는 단독으로 자주 먹는 채소는 감자, 무, 당근, 근대, 콜리플라워, 치커리, 방울양배추, 양파, 시금치, 렌틸콩, 그린빈, 그리고 다양한 잎채소 등이다.

먼저 프랑스인들이 그라탱 도피누아만큼 즐겨 먹는 '감자' 요리로는 '아시 파르망티에Hachis Parmentier'가 있다. 이것은 일종의 '감자 소고기 파이'로, 아시hachis는 고기를 다졌다는 뜻이고 파르망티에는 루이 16세 때 농학자의 이름이다.

유럽이 기근으로 힘들어하던 시기에 감자는 그야말로 기적과 같은 존재감을 드러냈다. 그 낯선 작물이 16세기에 남미 대륙으로부터 프랑스에 처음 들어왔을 때만 해도 사람들은 외면하고 관심이 없었다. 그런데 1772년경 농학자 앙투안 오귀스탱 파르망티에가 감자 재배에 관한 논문을 발표하면서 빛을 보기 시작했다. 이후 감자는 굶주린 이들을 먹여 살렸고 영양학적 면에서도 손색없는 작물로 관심을 모았다. 그래서 헌정의 의미로 감자 요리에 아시 파르망티에, 폼 파르망티에(감자볶음) 등, 그의 이름을 붙인 것이다.

프랑스의 알프스 지역과 스위스 등 산간지대에서는 감자를 치즈와 함께 조리해서 많이 먹는다. 감자 위에 치즈를 녹여 먹는 스위스 전통 요리 라클레트Raclette가 그러하며 양파, 베이컨, 르블로숑 치즈가 들어간 사부아 지역 음식 타르티플레트Tartiflette에도 감자가 빠지면 안 된다. 그리고 만인이 사랑하는 감자튀김인 프리트(프렌치 프라이)가 있지 않은가!

삶은 감자는 주로 생선 요리와, 소테[6]한 감자는 소고기 요리와 함께, 또 감자튀김은 그릴이나 팬에 구운 소고기와 곁들여 먹는다.

　'당근'은 프랑스인들이 제일 많이 먹는 채소 3위 안에 들어간다. 특히 당근을 곱게 채 썰어 오일소스로 버무린 당근 샐러드(카로트 라페)는 슈퍼마켓의 테이크아웃 제품 가운데 인기가 높다. 포크만 준비하면 먹을 수 있어 여행하다 사 먹기에도 편리하다.

　당근을 생으로 썰어놓고 주방에서 오다가다 먹어도 좋지만, 영양학적 효과를 따져본다면 오일과 만난 당근이 더 훌륭하다. 신선한 마요네즈, 또는 앤초비와 케이퍼로 맛을 낸 타프나드를 찍어 먹어도 맛있다. 이 외에 당근은 수프, 퓌레, 타르트, 포테[7], 포토푀[8]에 두루 이용되므로 시장에 가면 잊지 않고 바구니에 넣는다.

　'무'의 경우 프랑스에서는 우리가 흔히 보는 기다란 무보다 둥근 무(순무)를 더 선호한다. 포테, 포토푀 같은 스튜의 육수를 내는 데 유용하기 때문이다.

　스튜 조리 시 덩어리 고기를 익힐 때 조직이 단단한 당근, 양배추와 더불어 둥근 무를 통으로 또는 큼지막하게 썰어서 넣는다. 이를 뭉근히 오랫동안 익히면 무에서 특유의 향과 맛이 우러

나와 국물에 고스란히 남는다. 채소와 고기는 건져 소스에 찍어 먹고 따뜻한 국물은 맑은 수프처럼 먹을 수 있다. 특히 프랑스 유학 시절, 추운 겨울에 맛본 이 스튜 국물은 고국의 소고기뭇국을 생각나게 하는 최고의 음식이었다.

'양파'는 무려 5천 년 전부터 재배되었다고 한다. 프랑스에서는 양파보다 작고 덜 매운 샬롯(에샬로트)과 봄 양파 격인 오뇽 프레oignon frais를 일반 양파와 절충해서 쓴다.

프랑스 가정식에서 무엇보다 친숙한 양파 요리로는 매우 많은 양의 양파가 들어가는 어니언 수프를 들 수 있다. 또한 양파는 키슈[9], 채수나 육수 같은 부이용bouillon, 스튜, 양파잼 등을 만들 때 제일 기본이 되는 재료이기도 하다.

프랑스의 '대파'는 우리의 대파와 모양이 조금 달라서 잎 윗부분이 비어 있지 않고 마늘잎처럼 납작하다. 시장에서 보면 초록 윗부분은 잘 정리한 뒤 많이 쓰는 흰 부분 위주로 판매한다.

대파는 국물 요리에 넣는 부케 가르니bouquet garni, 즉 허브 다발에도 쓰이고, 당근처럼 포테에 사용하기도 한다. 또 속을 채우는 파르시 요리와 고기 스튜, 수프, 곁들임 요리인 가니시(가르니튀르) 등에도 주재료 및 부재료로 이용된다.

‘마늘’ 하면 프랑스 요리에서 많이 쓰지 않는다고 생각하겠지만 남프랑스 지역에서는 매우 즐겨 먹는 식재료이다. 일찍부터 약용으로 쓰였으며, 생산량이 비록 이웃 나라 스페인에는 못 미쳐도 마늘만 잔뜩 들어간 수프를 끓여 먹기도 한다.

얼마 전에 본 프랑스 영화 〈러브 인 프로방스Avis de mistral〉에도 마늘과 관련된 인상적인 장면이 나온다. 파리에 사는 손자가 프로방스에서 올리브 농사를 짓는 할아버지 댁에 내려온다. 저녁으로 가지를 넣은 소고기 스튜가 나왔는데, 스튜를 먹던 손자가 마늘을 씹고 싫은 표정을 짓자 할아버지가 한마디한다.

“미디(남프랑스)에서는 당연히 마늘 먹고, 바욘(남서부의 도시)에서는 고추 먹고, 인도에서는 커리 먹는 거 아니냐?”

프랑스 남부 로트렉Lautrec 지역의 로즈 마늘은 1966년 최고급 품질을 보증하는 ‘라벨 루즈Label Rouge’를 받은 데 이어, 1996년에는 원산지의 재배, 생산, 품질을 인증하는 IGP(Indication Géographique Protégée)를 받았다. 지저분한 줄기와 껍질은 정리되고 마지막 분홍 껍질 한 겹만 남은 로즈 마늘의 자태는 그리 고울 수가 없다. 마치 우리가 명절에 준비하는 최상품 과일처럼 폼도 나고 아름답기까지 하다.

프랑스에서는 마늘을 ‘생으로’ 즐겨 먹진 않지만 은은한 풍미를 내기 위해 다양하게 활용한다. 마늘 한 톨을 반으로 잘라 빵 위에 문지르고, 마늘을 치즈 퐁뒤에 넣었다 빼거나 그라탱 그릇 바닥에 비비기도 한다. 또한 닭고기나 양고기 등의 생고기에 칼집을 낸 뒤 마늘을 박아 넣거나 껍질 사이에 끼우기도 한다. 무엇보다 가장 간편한 방법은 오일 속에 넣어 은은한 마늘 향을 얻는 것이다.

이처럼 프랑스 사람들이 잡냄새를 제거하거나 풍미를 살리기 위해 마늘을 사용하는 방식은 우리와 꽤 비슷하다. 재밌는 사실은 마늘 중앙에 들어 있는 싹이 소화 장애를 일으킨다고 하여, 프랑스에서는 마늘을 자른 뒤 보이지 않는 안쪽 부분까지 제거하고 이용한다는 점이다.

매 주말마다 동네 성당 근처의 노천시장에 가는 것을 좋아했다. 그곳에서 각종 식재료를 구경한 뒤 샐러드 재료로 애용하는 프리제^{frisée}와 간단하게 볶아 먹을 그린빈, 그리고 계절 과일을 사 와서 참 열심히 음식을 만들어 먹곤 했다.

아시 파르망티에

감자 800g
소고기 다짐육 650g
양파 1개
마늘 2쪽
홀토마토나 다진 생토마토 100g

레드 와인 100ml
가염 버터 50g
우유 150ml
생크림 100ml
너트메그 가루 약간
그뤼에르 치즈 60~80g

소금·후추 약간
허브(타임) 약간
빵가루 약간
식용유 적당량

1 감자는 껍질째 삶아 껍질을 벗기고 체에 내린다. 버터와 따뜻하게 데운 우유, 생크림을 넣고 잘 섞는다. 너트메그 가루, 소금, 후추를 넣고 퓌레를 완성한다.

2 팬에 식용유를 두르고 곱게 썬 양파와 다진 마늘을 넣은 뒤 볶는다. 고기를 넣고 덩어리가 지지 않게 중약불로 볶는다.

3 홀토마토(또는 다진 생토마토)를 넣고 골고루 섞으며 볶다가 와인을 붓고 알코올을 날린다.

4 허브를 넣고 소금, 후추로 간한 뒤 국물을 졸인다. 불에서 내려 치즈 20g을 첨가하고 잘 섞는다.

5 오븐용 그라탱 그릇에 고기를 깔고 감자 퓌레를 전체적으로 펼친다. 퓌레 위에 남은 치즈 가루와 빵가루를 올려준다.

6 예열된 180도 오븐에 40~45분 정도 노릇해질 때까지 굽는다.

7 감자 파이는 소고기 대신 양고기나 오리고기로 만들어도 된다. 단품 식사로 먹을 때는 그린 샐러드를 곁들여도 좋다.

생테밀리옹(Saint-Émilion), 포므롤(Pomerol), 부르고뉴(Bourgogne), 메르퀴레(Mercurey)의 레드 와인과 매칭해 보길.

추운 날 속을 달래주는
따끈한 수프

　주말이 되면 주중의 긴장감이 풀려서인지 여유도 생기고 나른해진다. 프랑스에서 생활할 때도 마찬가지였다. 주말에는 평소 반으로 접어놓았던 주방의 접이 식탁을 넓게 펼쳐놓는다. 복잡한 음식 대신 수프만 한 냄비 끓여서 식탁 중앙에 올려놓은 채 치즈, 버터, 빵을 줄줄이 늘어놓고 함께 먹는다.

　추운 계절이면 부실한 난방과 우기까지 겹쳐 더욱더 따끈한 수프를 찾게 된다. 여유로운 주말 아침, 단단한 재료들을 먼저 볶다가 채수나 육수를 붓고 우유 또는 생크림을 섞은 다음 블렌더로 갈면 수프가 완성된다. 비록 재료의 형체는 알아보기 힘들어도 고소하고 걸쭉한 맛에 매료되곤 한다.

　아이가 아플 때 수프를 떠먹이면서 기운을 북돋워 주는 엄마의 마음처럼, 수프는 치유의 음식이 되기도 한다. 더욱이 가정에서 냉장고 속 평범한 재료만으로도 넉넉한 국물을 만들어 나눠 먹을 수 있는 소박한 음식이니 더 정이 간다.

19세기 초《브리야 사바랭의 미식 예찬》을 쓴 브리야 사바랭은 자신의 책에서 수프의 하나인 포타주를 가리켜 "건강에 좋고 가볍고 영양 많으며 모든 사람에게 적합한 음식"이라고 말한 뒤 "프랑스 국민식의 기본이며, 몇 세기에 걸친 경험에 의해 완벽하게 만들어진 음식"이라고 길게 자랑했다.[10]

수프의 종류는 수백 가지나 된다. 원래는 가정에서 식사 초반에 즐겨 먹던 음식인데 이제는 예전처럼 수프를 식사 코스의 하나로 먹는 사람들은 그리 많지 않은 것 같다. 오늘날 고급 레스토랑에서는 찾아보기 힘들고, 작은 용기에 크림이나 무스 형태로 담아 식욕을 돋우는 웰컴 음식으로 내놓는 정도이다. 그렇지만 일반 레스토랑에서는 여전히 메뉴판에 등장하며 단골손님이나 여행객들을 위하여 준비해 놓기도 한다. 물론 겨울이 되면 아직도 요리 잡지에서는 가정에서 만들 수 있는 수프를 대대적으로 소개하고 있다.

니스를 방문했을 때 세찬 봄바람에 감기 기운까지 겹쳐 국물 요리를 찾아다닌 적이 있다. 마세나 광장의 골목 안쪽에 자리한 식당에서 어니언 수프, 즉 양파 수프 Soupe à l'oignon를 발견하고 무척 반가웠다. 신한 색의 양파 수프는 넉넉한 볼에 담겨 나왔다. 뜨끈뜨끈하고 달달한 양파 수프 덕분에 속이 따뜻해졌고, 그릇 바닥이 다 보일 때까지 숟가락을 놓을 수 없었다.

그런가 하면 어느 늦가을, 부르고뉴의 본^Beaune에서는 수프 때문에 매우 실망한 적도 있다. 몹시 쌀쌀한 날씨에 저녁을 먹으러 식당에 들어가 몇 가지 음식과 수프를 주문했는데, 예상과 다르게 수프가 미지근한 상태로 나온 것이다. 온기 없는 수프에 치즈까지 들어갔으니 그 치즈가 녹을 리 있겠는가. '미리 따끈하게 해달라고 특별 주문이라도 할걸 그랬나' 하고 뒤늦게 후회했다.

양파 수프는 프랑스인들이 매우 즐겨 먹는 수프로, 프랑스 동네 식당에서 자주 만날 수 있다. 부드럽고 고소해 어른, 아이 할 것 없이 모두 좋아하는 음식이다. 특별한 재료가 들어간 것도 아닌데 별식이 되고, 여행객들이 꼭 먹고 싶어 하는 메뉴가 되기도 한다. 양파 수프를 비롯하여 많은 수프들이 물속에 채소를 넣고 끓이는 것으로 시작한다. 그래서 맑게 끓인 채수나 고기 육수인 부이용^bouillon을 미리 만들어두면 조리할 때 한결 수월하다.

프랑스의 고급 레스토랑에서 먹은 수프는 모양부터 남달라 눈에 띄었다. 수프 그릇의 덮개를 밀가루 반죽으로 만들어 씌우고 그 위에 달걀노른자를 바른 뒤, 오븐에서 구운 것이었다. 바삭한 페이스트리 빵 덮개를 뜨거울 때 숟가락으로 톡 깨서 수프와 함께 떠먹으니 별미였다. 진하고 고소하고 달콤한, 이 모두를 아우르는 맛이 따끈한 양파 수프 한 그릇에 녹아 있었다. 보통 우리가 보는 양파 수프에는 구워 만든 덮개가 없다. 그 대신 얇게 잘라 구운 바게트 빵을 수프 속에 넣은 뒤 치즈를 올려 따뜻하게 먹는다.

모든 수프를 따뜻하게 먹는 것은 아니다. 프랑스에서도 여름에는 시원한 야채수프를 많이 찾는다. 차가운 토마토 수프, 감자와 대파가 들어간 비시수아즈 수프Soupe vichyssoise를 비롯하여 오이, 감자, 비트, 당근, 호박 등으로 만든 차가운 수프는 여름 나기용 최고의 청량제이다.

채수
Bouillon de légumes

당근 2개, 대파(흰 부분) 2대, 양파 1개, 셀러리 2줄기, 파슬리 4~5줄기, 굵은 소금 약간, 통후추 약간

1 냄비에 준비한 재료(당근 2~3등분, 양파 2등분, 대파와 셀러리는 각 2등분)를 모두 넣고
   물 2~3리터를 부은 후 끓인다. 국물이 끓으면 약불로 낮춰 1~3시간 더 끓인다.
2 체망이나 고운 천을 이용하여 걸러낸다. 흐물흐물해진 채소는 퓌레로 만들어 이용
   해도 된다.

고기 육수
Bouillon de viande

소고기(질긴 부위와 뼈를 포함하여) 1kg, 채수용과 동일한 채소(당근, 양파, 대파, 셀러리), 부케 가르니(파슬
리 2~3줄기, 타임 1~2줄기, 월계수 잎 2장), 정향 3~4알, 마늘 3~4쪽, 굵은 소금 약간, 통후추 5~6개

1 냄비에 준비한 재료를 모두 넣고 물 3리터와 함께 끓인다. 국물이 끓으면 중약불로
   낮춰 2~3시간 정도 익힌다.
2 시간이 되면 고기를 꺼내고 국물은 체에 걸러낸다.
3 고기는 용도에 따라 썰거나 작게 다져서 각종 그라탱(gratin)과 감자 요리인 파르망티
   에(Parmentier) 등에 쓰거나, 샐러드 고명으로 올려서 먹는다.

＊ 두 부이용은 용기에 넣어 냉장, 냉동 보관했다가 필요에 따라 사용한다.

양파 수프

양파 3~4개(채 썬)
마늘 2쪽(살짝 으깬)
버터 30~40g
밀가루 2큰술
부케 가르니(파슬리 2~3 줄기, 타임 1~2줄기, 월계수 잎 1장)

드라이 화이트 와인 100ml
치킨 부이용 2리터
소금·후추 약간
너트메그 가루 약간

바게트 빵 1/3개(얇게 자른다)
그뤼에르 치즈 50g(간 것)
식용유 적당량

1   얇게 자른 바게트는 오븐 또는 팬에 노릇하게 굽는다.

2   냄비에 식용유, 버터를 넣은 뒤 녹으면 양파와 마늘을 넣고 15분 정도 볶는다.

3   밀가루를 뿌려주고 볶다가 와인을 붓고 불을 세게 올려 알코올을 날린 후 부이용을 넣는다.

4   부케 가르니를 넣고 너트메그 가루, 소금, 후추를 첨가한다.

5   중약불로 줄인 후에 40~50분 정도 뭉근히 끓인다. 떠오르는 기름과 거품, 부케 가르니 등을 제거한다.

6   수프를 개인 그릇에 담고 구운 바게트와 간 치즈를 올린 후 오븐에 넣어 치즈가 녹고 빵이 노릇해지면 꺼낸다.

7   뜨겁게 서빙해서 먹는다. (참고로 포트 와인이나 마데이라 와인을 넣으면 단맛이 상승되고 진한 수프가 된다.)

타프나드의
비밀을 찾아서

한여름에 관광객으로 발 디딜 틈 없는 생폴드방스Saint-Paul-de-Vence에 들렀다. 마을 입구의 가게 앞 넓은 공터에서는 어른들이 모여 페탕크라는 쇠공 놀이를 하고 있었다. 쇠공이 굴러가는 모습을 잠시 구경하다 골목 안 언덕 왼쪽에 위치한 '보리수 식당'으로 점심을 먹으러 갔다. 단품으로 부라타 치즈와 오븐에 구운 파프리카가 들어간 샐러드, 소고기 요리, 디저트 등 3코스를 주문하고 곁들일 와인으로 로제 와인을 선택했다.

숨을 돌리고 주위를 돌아보니 까만 유니폼을 입은 직원들이 분주하게 움직이고 있었다. 그들은 우리 식탁에 바게트 빵 바구니와 블랙올리브 타프나드tapenade를 올려놓고 갔다. 타프나드를 보니 '아, 맞다. 내가 남프랑스에 온 거지!' 싶었다.

주문하지도 않은 타프나드를 맛보기로 주어 빵 위에 한 스푼 올려서 먹으니 케이퍼의 짭짤하고 새콤한 맛과 블랙올리브의 고소한 맛이 식욕을 돋운다. 주문 요리 전에 가볍게 나온 것이어서, 우리는 바게트 한두 개에 발라 먹고 음식이 나오길 기다렸다.

타프나드는 주로 빵 위에 발라 식전주인 아페리티프^{apéritif}와 함께 먹는 음식으로, 가장 많이 들어가는 재료는 올리브이다. 흔히 블랙올리브(또는 그린올리브)와 케이퍼, 앤초비, 그리고 한두 가지 재료를 첨가하여 다지거나 갈아서 만든다.

요리를 하면서 타프나드란 단어의 유래가 궁금했던 적이 있다. 그런데 알고 보니 타프나드란 명칭은 사실 올리브가 아니라 '케이퍼^{câpre}'라는 식물에서 유래되었다고 한다. 프로방스 옛 언어로 케이퍼를 가리키는 말이 바로 '타프나^{tapenas}'인 것이다.

케이퍼는 지중해성 기후에서 잘 자란다. 꽃이 활짝 피기 전에 올라오는 작은 꽃봉오리를 따서 소금에 절였다가 음식 만들 때 사용한다. 남프랑스에서 얻을 수 있는 케이퍼, 올리브, 앤초비, 이 모두가 타프나드의 재료이며 또 서로 잘 어울린다. 타프나드는 보조 재료로도 많이 이용된다. 토마토의 속을 파서 파르시를 할 때, 또는 구운 소고기 위에 올리거나 얇게 뜬 생선살 위에 발라 오븐에 구우면 색다른 맛과 더불어 또 다른 음식으로 변모한다.

내가 서울에서 프렌치 레스토랑 베레종을 운영할 때는 삶은 감자나 구운 파프리카, 바게트 위에 타프나드를 올려 타르틴[11] 형태로 자주 내놓았다. 커트러리 없이 손으로 집어 먹을 수 있고 와인과 함께해도 어울리는 메뉴였다. 여름날 오후, 주방에서 땀을 뻘뻘 흘리다 잠깐 나와 쉬는 시간이면 아비뇽에서 사 온 매미가 붙어 있는 벽에 시선이 머물렀다. 바게트 타프나드에 차가운 로제 와인을 한 잔 곁들이니 잠시나마 매미가 대합창하는 남프랑스에 와 있는 듯했다.

올리브 타프나드

블랙올리브 150~200g
앤초비 필레 3~4줄
케이퍼 20~30g
다진 마늘 1/2큰술
레몬즙 약간
올리브오일 4~5큰술
후추 약간
블랙올리브 5개(장식용)
생허브(처빌, 바질) 약간
바게트 빵 1/2개

1   올리브는 씨가 없는(또는 씨를 없앤) 것을 준비하고 물기를 제거한다. 케이퍼는 물기
    를 제거하거나 한 번 씻어놓는다.

2   블렌더에 올리브, 앤초비, 케이퍼, 다진 마늘, 레몬즙, 올리브오일, 후추를 모두 넣고
    갈아준다(10~15초 정도).

3   식탁에 올릴 작은 볼에 옮겨 담는다. 바게트는 잘라 굽는다. 구운 바게트 위에 〈2번〉
    의 타프나드를 발라준다.

4   장식으로 남겨둔 올리브를 동그랗게 썰어 빵 위에 올리고 신선한 허브를 올린다.

프로방스 지역의 화이트 와인이나 로제 와인, 또는 보르도의 크레망(Crémant de Bordeaux)이
나 리무의 크레망(Crémant de Limoux), 뱅 무스(Vin Mousseux) 등 입맛을 돋우는 스파클링 와인
과 어울린다.

가지,
오베르진의 변신

　부모님 댁에는 마당 가장자리에 텃밭이 있다. 엄마는 그 작은 공간에 철 따라 필요한 채소를 심고 가꾸어 식탁에 올리셨다. 미끈한 가지 몇 개를 따서 찜통에 찐 다음 손으로 쭉 찢어 조물조물 양념에 묻혀 먹는 가지나물도 자주 해주셨다.

　그런데 결혼하고 프랑스에 건너가서 만난 가지 요리는 완전히 다른 세상이었다. 볶은 가지에 커민이나 파슬리 등 허브를 넣거나, 구운 가지에 페타 치즈를 흩뿌리기도 했다. 다진 고기와 베샤멜소스를 가득 채워 한 끼 식사로 충분한 무사카^{Moussaka}, 알록달록한 채소 스튜 라타투이(*라타투유*), 카나페로 즐겨 먹는 가지 캐비아^{Caviar d'aubergines} 등, 많은 요리에 가지가 들어갔다.

　유난히 가지를 좋아하는 남편 덕분에 프랑스에 체류하면서 다양한 가지 요리를 만들어 먹었는데, 그 유전자를 물려받은 작은아이도 가지 철만 되면 가지를 잔뜩 넣어 무사카를 만들어달라고 조른다.

가지는 지중해의 대표적인 채소로 6~9월이 제철이다. 프랑스를 비롯하여 스페인, 이탈리아, 그리스 등에서 즐겨 먹는다. 칼로리가 낮고 비타민, 미네랄, 섬유소가 많이 포함돼 있으며 모양이나 색도 다양하다. 우리나라의 가지는 길쭉한 데 반해 프랑스의 가지는 달걀처럼 동그랗게 생겨서, 영어의 '에그플랜트eggplant'란 표현이 어색하지 않다.

가지 캐비아의 경우, 그 단어를 처음 접했을 때는 생선알을 염장한 '캐비아'가 불쑥 떠올라 당황스러웠다. 알고 보니 미니 크레프인 블리니blinis나 비스킷 위에 휘핑한 샹티 크림을 바르고 캐비아를 올리는 대신 곱게 간 가지를 올려 아페리티프에 곁들여 먹는다고 해서 붙여진 이름이었다.

이처럼 음식에서 원뜻이 아니더라도 모양이나 형태 등 유사한 재료나 조리법에 같은 이름을 부여하는 경우가 많다. 타르타르, 카르파초의 경우에도 원래는 '익히지 않고 얇게 저미거나 자른 것'을 뜻하는데, 이제는 생고기나 생선, 채소 등을 저미거나 다져서 만든 요리 전체를 가리키는 말로 넓게 쓰이고 있다.

가지는 프랑스어로 '오베르진aubergine'이다. 예전에 프랑스의 거리를 지나다 보면 가시색 유니폼을 입은 주차 단속원들이 자주 보였다. 그래서인지 그들을 오베르진이라고 부르기도 했다.

Caviar d'aubergines

가지 캐비아

가지 3~4개
다진 마늘 1/2큰술
레몬즙 2큰술
올리브오일 2~3큰술
바질 잎 3~4장
커민 가루 1작은술
다진 차이브(부추) 또는 파슬리 1큰술(선택)
소금·후추 약간
바게트 빵 1/2개

1 오븐 온도를 220도로 예열해 놓는다. 통가지 껍질을 꼬치로 여러 번 찌르고 오븐에
   서 20분 정도 굽는다. 한 번 위아래 위치를 바꿔준다.
2 오목한 볼에 올리브오일, 마늘, 레몬즙, 바질 자른 것, 커민 가루, 소금, 후추, 차이브
   (부추)를 넣고 잘 섞는다.
3 구운 가지는 껍질을 벗기고(기호에 따라 원하면 껍질째) 적당히 잘라 블렌더에 넣고 다
   진다. 준비한 〈2번〉의 소스를 넣고 잘 섞이도록 한 번 더 갈아준다.
4 바게트는 얇게 잘라 굽고, 준비한 가지 캐비아를 빵 위에 올린다.

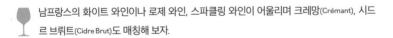

남프랑스의 화이트 와인이나 로제 와인, 스파클링 와인이 어울리며 크레망(Crémant), 시드
르 브뤼트(Cidre Brut)도 매칭해 보자.

고흐 만나러 가는 길에
근대밭을 지나다

　파리 북서쪽에 위치한 오베르쉬르우아즈Auvers-sur-Oise 마을. 어느 해 5월, 우리 일행은 그곳 작은 기차역 부근에 차를 세워놓고 산책을 나섰다. 비바람이 불던 3월에 방문했을 때와는 사뭇 다른 풍경이었다. 역 건너 좁은 골목길을 지나 언덕으로 올라가는 길에는 체리가 막 붉은빛을 띠기 시작했고, 담벼락을 타고 올라간 넝쿨 장미에서는 진한 향기가 풍겨 코끝이 매콤했다.

　그 길로 조금 더 올라가면 화가 빈센트 반 고흐가 생전에 그림으로 남긴 작은 성당이 나온다. 1890년 여름, 언덕 위 성당은 이 세상을 하직하는 그를 품어주지 못했다. 결국 반 고흐의 장례식은 라부Ravoux 여인숙 건너편 시청 앞에서 치러졌고, 그는 성당 뒤편 마을 묘지에 묻혔다.

　반 고흐는 우아즈Oise 강이 흐르는 작은 미을 오베르에 와서 70일간 머물며 80점이 넘는 작품을 남기고 떠났다. 그는 아침마다

오베르 시청. 고흐의 작품이 곧 안내판.

라부 여인숙과 1층 식당.

화구를 짊어지고 나와 마을 주변의 풍경들을 그렸다. 라부 여인숙 앞에 위치한 시청, 뒤쪽 언덕의 성당, 골목길, 밀밭 등 반 고흐가 그렸던 장소들이 이제는 그의 그림과 함께 친절한 안내판이 되고 관광객의 포토 존이 되었다.

라부 여인숙 1층은 1993년 복원 작업을 통해 1890년대 카페 겸 바 분위기의 식당으로 바뀌었다. 조리 시간이 꽤 걸리는 전통적인 양고기 요리나 파테[12] 등을 파는데, 갈 때마다 관광객으로 붐볐다. 얼마 전부터는 음식 종류가 간소해져서 조금 아쉽다.

반 고흐가 잠들어 있는 마을 묘지 앞에는 그의 그림에도 자주 등장한 너른 들판이 펼쳐져 있다. 5월 중순 우리가 방문했을 때는 그림 속 밀밭은 안 보이고 커다란 잎이 무성한 채소밭만 눈에 들어왔다. 가까이 들여다보니 근대밭이었다.

우리나라의 여린 근대와 달리 프랑스의 근대는 비 오는 날에 우산으로 써도 될 만큼 잎이 큼지막하다. 흰색 줄기와 넓은 초록색 잎의 근대는 남프랑스 니스가 주산지이며, 이파리 한 개가 어림잡아 200그램 정도 된다.

니스에서는 채소인 근대로 디저트를 만들어 먹기도 한다. 사과, 건포도, 잣 등을 근대와 섞어 단맛을 낸 투르트[13]는 맛이 특별하다. 디저트인데 근대 향이 나니 좀 낯설지만 우리가 쑥을 넣고 디저트 떡을 만들어 먹는 것과 같은 맥락이다.

큰 근대는 셀러리처럼 잎 뒤쪽의 섬유질을 제거하면 부드러워진다. 시금치 데치듯 끓는 물에 흰 부분을 먼저 넣고, 초록 부분을 나중에 넣으면 된다. 시금치와 같은 풍미가 있으면서 뒷맛은 비트처럼 흙냄새가 살짝 따라온다. 그런 흙냄새 때문에 선호도가 나뉘지만, 레몬즙을 첨가하면 흙냄새가 좀 수그러든다.

　　근대는 아주 오래전부터 먹던 채소인데 지금은 시금치의 인기에 다소 가려진 듯하다. 그래도 여전히 마트나 시장에서 쉽게 만날 수 있으며 비타민과 필수아미노산이 풍부하고 칼로리는 낮은, 훌륭한 식재료이다. 근대 요리를 할 때는 시금치, 양파, 마늘 등과 섞어서 많이 쓴다.

Tourte aux blettes

근대 투르트

근대 600g	잣 30g	소금·후추 약간
작은 사과 2개(300g)	불린 건포도 30g	레몬즙 2큰술
달걀 1개	설탕 50g	밀가루 약간
파마산 가루 10g	올리브오일 2큰술	

＊ 도우 2개용 : 중력밀가루 500g, 버터(실온) 250g, 설탕 40g, 달걀 2개, 소금 한 꼬집

1   샐러드 볼에 도우 재료를 넣고 잘 섞어서 매끄러운 공 모양으로 만든 후 비닐에 넣어 30분간 둔다.

2   근대는 씻어서 줄기와 잎을 분리한다. 끓는 물에 소금을 한 꼬집 넣은 뒤 먼저 근대 줄기를 2~3분 데치고 나서 잎을 넣어 데친다. 데쳐낸 근대는 찬물에 담갔다 물기를 꼭 짜서 송송 썬다.

3   사과는 껍질을 벗겨 얇게 자른다. 잣은 마른 팬에 볶아놓고 건포도는 따뜻한 물에 불리거나 럼주에 담갔다 물기를 제거한다.

4   큰 볼에 근대, 사과, 잣, 건포도, 파마산 가루, 설탕, 달걀, 올리브오일, 레몬즙, 소금, 후추를 넣고 잘 섞어준다.

5   오븐은 180도로 예열한다. 오븐에 들어갈 그릇에는 올리브오일을 바르고 밀가루를 뿌려놓는다. 도우는 2등분하여 하나는 좀 더 크게 밀어 바닥에 깐 뒤 그릇 가장자리 위까지 오게 하고, 나머지 하나도 밀어놓는다.

6   도우 속에 〈4번〉의 '근대 소(farce)'를 골고루 채운다. 남아 있는 반죽을 위에 덮고 가장자리를 안쪽으로 잘 오므린다.

7   중앙에 작은 구멍을 낸 뒤 오븐에 넣고 45~50분 굽는다. 꺼내서 식힌 다음 자른다.

 코트 드 프로방스(Côtes de Provence)와 벨레(Bellet), 코토 바루아(Côteaux Varois) 등 프로방스 지역의 화이트 와인이나 로제 와인과 매칭한다.

빨간 래디시와
하얀 아스파라거스

노천시장에서 자주 만나는 싱싱한 빨간 무, 래디시. 나무 상자 가득히 들어 있는 래디시 다발을 보기만 해도 기분이 좋아진다. 풍성한 초록 잎과 빨간 무의 형상은 마치 삼색 꽃다발처럼 보인다. 보통 시장에 출하되기 전 흙을 한 번 털어내고 나오기 때문에 상태가 아주 깨끗하다.

프랑스에서는 래디시 한 다발을 거의 1유로면 살 수 있었다. 철마다 김치를 담가야 할 때면 얼마 안 되는 래디시 이파리가 고마운 존재였다. 궁하면 통한다고, 아쉬운 대로 래디시로 열무김치를 담가 먹었다. 프랑스인들은 래디시 이파리를 수프나 페스토 만들 때 쓰기도 하지만, 보통은 아삭하고 톡 쏘는 맛의 붉은 뿌리 부분을 샐러드에 넣어 생으로 많이 먹는다. 래디시는 제철인 봄뿐만 아니라 사계절 내내 만날 수 있다.

이와 달리 계절의 진미를 놓치지 말아야 하는 식재료도 있다.

바로 '5월' 하면 떠오르는 화이트 아스파라거스이다. 프랑스를 비롯하여 유럽은 그때가 화이트 아스파라거스의 계절이다. 와인 애호가라면 리슬링, 아르네이스, 소비뇽 블랑, 슈냉 블랑 품종 등의 와인과 함께 즐기기 위해 손꼽아 기다리기도 할 것이다.

몇 년 전 프랑스 북부 도시 트루아Troyes에 있는 모 샴페인 하우스를 방문했다. 지하 셀러를 둘러보고 나와 테이스팅 룸에서 샴페인 10여 종을 시음하고 다음 목적지인 에페르네Epernay로 출발하려는데, 친절한 담당자가 점심을 먹고 떠나라며 권했다.

우리를 위해 준비한 넓은 식탁 중앙에는 두 팔로 감싸 안을 정도로 커다란 은쟁반이 놓여 있고, 그 위에 삶은 화이트 아스파라거스가 가득했다. 그리고 버터, 소금, 래디시, 빵, 푸아그라, 구운 소시지 등이 함께 놓여 있었다. 이런 감동적인 점심 성찬을 거절

했으면 정말 후회할 뻔했다.

특히 버터, 소금, 래디시 조합을 보니 너무도 반가웠다. 초록 잎을 제거한 래디시는 뿌리 아랫부분을 나이프로 벌려 버터를 바른 다음 소금을 톡톡 쳐서 먹는다. 입 안에 감도는 매운 맛과 아삭한 식감이 다소 생경하지만 고소한 버터가 이를 부드럽게 감싸준다. 이것은 세상에서 제일 빨리 준비해서 간편하게 먹을 수 있는 아페리티프용 음식이다. 식당에서 낼 때는 예쁜 그릇에 담아 신경을 썼다는 표시라도 내야 덜 미안(?)해지는, 아뮈즈부슈[14] 메뉴이기도 하다.

우리는 식사 전에 미리 시음하고 남긴 샴페인을 모두 식탁 위에 놓은 뒤 푸아그라로 오픈 샌드위치인 타르틴tartine을 만들었다. 그리고 부드럽게 삶은 아스파라거스와 아삭한 래디시, 바싹 구워서 기름기를 제거한 소시지까지 알차게 먹었다.

다음 와이너리와 약속한 시간 때문에 서두르자, 여주인은 우리의 마음을 읽은 듯 재빨리 후식으로 나온 딸기에 샴페인을 콸콸 쏟아붓는 퍼포먼스를 보여줘 모두를 활짝 웃게 했다. 물보다 샴페인을 권장하는 이 지역의 슬로건, "물은 절약하고 샴페인을 마시자"가 절로 와 닿았다.

국내에서는 아직까지 화이트 아스파라거스가 비싸고 귀한 식재료이나, 5월경 유럽에 가면 대부분의 식당 메뉴판에서 아스파라거스 요리를 찾아볼 수 있다. 계절의 진미를 느끼게 하는 대표적인 예가 아닐까 한다. 출장이나 와이너리 투어를 가면 제철에 꼭 찾아서 먹게 된다. 여행 중 불편한 여건임에도 불구하고 굳이 시장까지 달려가 미끈하고 곧은 자태의 화이트 아스파라거스를 한 봉지 사 갖고 돌아와 아침으로 먹는 것이다.

화이트 아스파라거스와 관련된 미술 작품 중에는 에두아르 마네가 그린 〈아스파라거스 한 다발Une botte d'asperges〉과 딱 한 개만 그려져 있는 〈아스파라거스L'Asperge〉가 있다. 이 두 작품에 얽힌 재밌는 일화를 소개해 본다.

1880년 당대 그림 수집가인 샤를 에프뤼시가 마네에게 800프랑을 지불할 테니 아스파라거스 한 다발을 그려달라고 요청했다. 그 후 전시회 날 마네를 만난 샤를 에프뤼시는 약속했던 그림 값보다 200프랑이나 많은 1천 프랑을 건넸다고 한다. 그리고 얼마 지나지 않아 이번에는 마네가 아스파라거스 한 개를 그린 작은 캔버스와 함께 "지난번 아스파라거스 다발에서 하나가 빠졌습니다"라는 글을 써서 샤를 에프뤼시에게 보냈단다. 한 개만 그려진 〈아스파라거스〉는 현재 파리 오르세 미술관에서 소장하고 있다. 다음에 시간이 나면 이 위트 넘치는 작품을 꼭 찾아봐야겠다.

비네그레트소스의 화이트 아스파라거스

아스파라거스 12개
삶은 달걀 2개
머스터드 1큰술
식용유 3큰술
식초 1큰술
케이퍼 1큰술
피클오이(코르니숑) 3개
처빌 2줄기
부추 4줄기
소금·후추 약간

1 아스파라거스는 밑동을 잘라내고 감자 깎는 칼로 껍질을 벗긴다.
2 끓는 물에 소금을 약간 넣고 익힌다. 아스파라거스를 칼로 찔러 부드럽게 들어가면
  꺼내 차가운 물에 담갔다가 물기를 제거한다.
3 삶은 달걀은 흰자와 노른자를 분리하여 각각 칼로 작게 썰어놓는다.
4 소스 그릇에 달걀노른자와 식초, 머스터드, 식용유, 소금, 후추를 넣고 잘 섞어준다.
5 처빌과 부추, 케이퍼를 곱게 썰어 합친다. 소금, 후추로 간한다.
6 피클오이는 얇고 동그랗게 썰어 합친다.
7 준비한 〈2번〉의 아스파라거스를 접시에 나란히 담는다. 그 위에 소스를 뿌리고 달
  걀흰자를 얹는다.

각 지역의 소비뇽 블랑(Sauvignon Blanc), 리슬링(Riesling), 마르산(Marsanne), 샤르도네
(Chardonnay) 와인이나 알자스 뮈스카(Muscat d'Alsace) 와인과 이탈리아 피에몬테 화이트 와
인인 아르네이스(Arneis)를 곁들여 보길.

2장

든든한 단품 한 끼

차가운
생선빵

어릴 때 밥상 위에 생선 반찬이 올라오면 밥 한 그릇 뚝딱 잘 먹어서, 어른들은 내게 "어촌으로 시집가야겠네"라고 말씀하시곤 했다.

프랑스에 살 때도 정육점보다 생선 코너 앞을 더 자주 서성거리는 편이었다. 싱싱한 생선을 사면 보통은 구워먹거나 조림을 했지만, 이따금 생선살만 발라 빵을 만들어 먹기도 했다.

우리는 흔히 농담 삼아 "붕어빵에는 붕어가 없다"고 하는데, 전채요리(앙트레)로 먹는 프랑스의 '생선빵Pain de poisson'에는 정말로 생선이 들어 있다. 생선빵은 부드럽고 촉촉하나 그렇다고 브리오슈 스타일의 빵은 아니다. 밀가루를 전혀 사용하지 않는다. 붕어빵처럼 생선 모양의 틀을 이용하진 않고 사각 파운드케이크 틀에 넣어 오븐에 굽는다. 달걀찜에 부드러운 생선이 들어간 요리를 연상하면 된다.

집 안에 퍼지는 비린 냄새는 피하되 제대로 코스 요리를 먹고 싶은 날, 이 생선빵을 앙트레로 내놓으면 제 역할을 할 것이다. 만들어서 바로 먹기도 하지만, 전날 여유 있게 만들어 냉장고에 넣었다가 다음 날 차갑게 먹어도 된다.

생선빵은 생선살만 쓰기 때문에 식감이 부드러워 어른, 아이 가리지 않고 모두 좋아한다. 준비할 재료도 많지 않다. 취향에 따라 생크림을 넣기도 하나 그냥 간단히 그때그때 있는 재료로 만들어도 상관없다.

생선으로는 대구, 연어, 참치, 가자미, 금태, 동태 등을 이용한다. 신선한 생선으로 만들어도 좋고 생선살만 손질해서 냉동으로 파는 제품도 유용하다. 기호에 따라 모양을 내거나 별미로 새우살이나 게살, 완두콩도 얼마든지 넣을 수 있다. 또 채소(호박, 당근)를 얇게 썰어 팬에 볶은 후 생선살과 함께 틀에 넣고 구워도 된다. 완성된 빵을 잘라 옆면을 보면 채소가 층층으로 쌓인 모습이 예뻐 자꾸 눈길이 간다.

가끔 연어 그라브락스[15] 재료를 사러 시장에 갔다가 넉넉히 산 날에는 연어 생선빵까지 만들게 된다. 곁들일 소스로는 마요네즈에 케이퍼 몇 알만 다져 넣어도 좋다. 조금 더 신경 써서 새콤한 레몬즙과 딜[dill]을 첨가하고 머스터드까지 섞어 먹으면 톡 쏘는 맛이 또 다른 즐거움을 준다.

오븐에 들어갔던 연어가 옅은 빛깔로 변해 나올 때 남편은 슬며시 와인 셀러에서 샴페인을 꺼낸다. 음식이 맛있다는 칭찬을 들으면 그날 설거지는 남편에게 기꺼이 양보한다.

Pain de poisson

생선빵

생선살(또는 냉동) 500g   허브(타임, 타라곤) 약간   치즈 가루(그뤼에르 또는 에멘
달걀 5개   생크림 200ml   탈) 60~80g
토마토 페이스트 2큰술   셀러리 잎(장식용)   소금·후추, 밀가루 약간

＊ 소스용 : 레몬즙 3큰술, 마요네즈 4~5큰술, 다진 케이퍼 1큰술, 소금·후추 약간, 디종 머스터드 약
간(선택)

1   오븐은 160도로 예열한다. 생선살은 크면 2~3등분하여 끓는 물에 소금, 허브를 넣
고 익혀 꺼낸 다음, 식으면 손으로 살을 부숴놓는다.

2   믹싱 볼에 달걀을 풀어놓고 토마토 페이스트와 생크림, 치즈 가루, 소금, 후추, 허브
를 첨가해 골고루 잘 섞어준다. 달걀 물에 생선살을 넣고 살살 섞는다.

3   오븐에 넣을 사각 파운드케이크 틀에 버터를 바르고 밀가루를 뿌린 다음 털어내고
〈2번〉의 생선살을 붓는다.

4   오븐에 넣고 45분 정도 굽는다. 꼬치로 찔러 묻어나지 않으면 오븐에서 꺼낸다.

5   생선빵이 식는 동안 소스를 준비한다. 소스 볼에 마요네즈와 레몬즙, 케이퍼, 소금,
후추, 머스터드(선택)를 모두 넣고 잘 섞는다.

6   접시에 식힌 생선빵을 슬라이스하여 담는다. 소스를 곁들여서 먹는다. 그린 샐러드
를 곁들여도 좋다.

빵의 부드러운 식감과 어울리는 그라브(Graves) 화이트 와인, 보르도(Bordeaux) 화이트 와
인, 그리고 샤블리(Chablis) 와인, 상트네(Santenay) 화이트 와인 등과 함께.

여름 채소
모두 모여

음식을 테마로 한 영화들이 많이 있다. 그중 애니메이션의 제목인 〈라타투이Ratatouille〉는 남프랑스를 비롯하여 프랑스 일반 가정에서 흔히 만들어 먹는 음식 이름이기도 하다. 재미있는 것은 음식명의 철자에서 착안한 아이디어인지 '쥐rat'가 그 주인공이란 점이다.

라타투이는 특히 프로방스에서 즐겨 먹는 여름 채소 볶음 내지 스튜이다. 이 음식은 니스에서 시작되었으며 예전에는 가난한 자의 음식이라고 하여 '보헤미안La Bohémienne'이라고도 불렸다. 라타투이ratatouille란 단어에는 재료를 '잘 섞어준다'는 의미가 내포되어 있다.

라타투이의 주재료인 채소 5종(토마토, 가지, 호박, 양파, 파프리카)은 우리도 시장에서 흔히 만나는 식재료이다. 여기에 허브(바질, 타임, 오레가노, 세이지 등), 마늘, 올리브오일 등을 넣고 재료들을 각각 볶은 뒤 다시 한꺼번에 모아 올리브오일을 넉넉히 두르고 가볍게 버무리면 된다.

프로방스 지역의 마르세유Marseille와 툴롱Toulon 사이에 위치한 방돌Bandol 마을은 로제 와인으로 유명하다. 우리가 방문한 와이너리, '도멘 탕피에Domaine Tempier'도 이곳에 있다. 남편은 요리책 선물하길 좋아하는데, 이 도멘의 여주인 뤼시 탕피에의 요리법이 담긴 《뤼뤼의 프로방스 테이블Lulu's provençal table》이란 책을 기념품이라며 들고 왔다.

뤼시는 그 책에서 여름 메뉴로 라타투이를 소개했다. 불에 직접 로스트하거나 그릴에 구운 고기에 곁들일 때는 라타투이를 따뜻하게 해서 먹으라며, 스크램블 에그와도 잘 어울린다고 했다. 채소 코스로 먹을 때는 실온으로 서빙하고, 조리가 다 되면 마지막에 씨 뺀 블랙올리브와 작게 자른 셀러리를 한 줌 첨가하는 것을 추천했다.

뤼시는 2020년 102세의 나이로 세상을 떠났는데, 그녀의 장수 비결은 레드 와인을 마시는 것과 정원에서 그네를 타는 것이었다고 한다. 2019년 뤼시를 잠깐 본 적이 있다. 그때도 그녀는 와이너리 앞 정원에서 그네를 타고 있었는데, 지하 셀러에서 오랫동안 와인 시음을 마치고 돌아오니 보이지 않았다. 지금도 스치듯 보았던 뤼시의 모습이 눈에 아른거린다. 시음 전에 그녀에게

다가가 말을 걸어보지 못한 아쉬움이 크다.

　남프랑스의 대표적인 작가 마르셀 파뇰은《마농의 샘》,《마르셀의 여름》등의 작품을 통해 프로방스의 아름다운 자연과 문화를 소개했다. 특히 음식에 관해서도 조예가 깊어 그의 라타투이 요리법이 전해지고 있다.

　프랑수아 레지스 고드리와 친구들이 펴낸《미식 잡학 사전 프랑스》[16]에서 인용한 바에 따르면, 마르셀 파뇰은 라타투이의 채소를 익힐 때 각기 다른 프로방스 허브를 최대한 활용한다. 예를 들어 양파는 타임과 월계수 잎, 파프리카는 마조람과 세이지, 호박은 바질, 가지는 민트, 토마토는 로즈메리와 타라곤(에스트라공)으로 짝을 맞춰 익힌다. 이는 각각의 채소에 허브 향을 더해 주기 때문이다. 그 밖의 재료로는 마늘을 잊지 않으며, 진한 맛을 내기 위해 토마토 페이스트를 첨가한다.

　여러 채소를 볶아 만든 라타투이는 그 자체로도 맛있지만, 색다르게 밥에 올려 덮밥처럼 먹거나 파스타나 쿠스쿠스 세몰리나[17]를 삶아 버무려 먹어도 좋다. 한 번에 넉넉히 만들어두면 이삼일 먹을 수 있는 밑반찬 역할도 한다.

Ratatouille

라타투이

호박 1개
가지 2개
파프리카(빨강, 주황, 노랑) 1개씩
토마토 2~3개
양파 1개
토마토 페이스트 2~3큰술(선택)
허브 가루 2큰술(타임, 바질, 오레가노 믹스)
마늘 1~2쪽
소금·후추 약간
올리브오일 넉넉히
생바질 약간
설탕 약간(선택)

1   먼저 준비한 채소들을 같은 모양으로 네모나게 자른다.
2   팬에 올리브오일을 두른 뒤 토마토를 제외하고 각각 볶는다. 밝은 색 채소를 먼저
    볶아 꺼내고, 진한 색 채소를 나중에 볶는다. 중간에 소금과 허브 가루를 조금씩 뿌
    린다.
3   넓고 오목한 팬에 올리브오일을 두른 다음 달궈지면 마늘을 넣고 볶다가 토마토를
    넣고 잘 섞어가며 볶는다. 먼저 볶아놓은 〈2번〉의 채소 4종류를 모두 첨가한다. 재
    료들이 골고루 섞이도록 저어준다.
4   취향에 따라 토마토 페이스트를 넣고 골고루 섞은 뒤 남은 허브, 소금, 후추로 간을
    한다.
5   토마토가 신맛이 강하면 설탕을 약간 첨가해도 된다.
6   그릇에 담아내고 생바질을 손으로 찢어 올린다.

코트 드 프로방스(Côtes de Provence) 화이트나 로제 와인, 뤼베롱(Côtes du Lubéron) 레드 와인,
남프랑스의 화이트나 로제 와인과 매칭하면 잘 어울린다.

프랑스식
소고기 육회

 그르노블의 스탕달 대학교 내 어학 과정에서 프랑스어를 공부하던 지인이 어느 날 전화를 걸어왔다. 작문 수업에서 프랑스 음식으로 언급된 '스텍 타르타르Steak tartare'가 무엇이냐고 물었다. 지인은 단지 내가 결혼했다는 이유만으로 음식에 대해서 더 많이 알 거라고 생각했던 모양이다.

 프랑스에 처음 갔을 때 나는 결혼 1년 차 초보 주부였다. 도착하자마자 다가온 내 생일에 남편은 요리책 다섯 권을 선물로 사주었다. 그래서 그 책들 중에 혹시 지인이 말한 스텍 타르타르가 나올까 해서 찾아보니 과연 있었다. 다만 요리 사진은 없었다.

 레시피를 읽어보니 다름 아닌 우리나라 '소고기 육회'의 프랑스 버전이었다. 스텍은 스테이크의 프랑스식 발음이고, 타르타르는 생선이나 소고기(또는 양고기)를 익히지 않고 다져서 각종 양념을 섞어 먹거나 별도로 놓고 먹는 음식을 가리킨다. 들어가는 몇몇 재료는 우리 육회와 다르지만, 적당히 다지거나 자른 생소고기를 양념에 버무려 먹는 방식은 마찬가지였다.

프랑스식 육회는 신맛과 짠맛이 먼저 느껴지며, 달걀노른자를 섞으면 그 맛이 조금 부드러워진다. 우리 식으로 만든 육회가 곱게 채 썬 배를 넣어 단맛이 나는 것과는 사뭇 다르다. 훗날 거꾸로 우리나라의 육회가 프랑스에 알려져 요리 잡지에 언급되기도 했다.

감자튀김을 좋아하는 프랑스인들답게 '소고기 타르타르'를 먹을 때도 고기보다 더 많은 양의 감자튀김을 곁들이거나, 아니면 그린 샐러드랑 함께 먹는다. 프랑스에서는 비록 생고기를 많이 먹지는 않아도 이탈리아의 소고기 카르파초^{Carpaccio}처럼 육회가 차가운 전채요리로 나오며, 식당 메뉴로도 자주 만날 수 있다. 익히지 않은 차가운 요리여서 그런지 여름에 즐겨 먹는다.

몇 년 전, 지인과 함께 서울 모 레스토랑에 가서 소고기 타르타르를 먹은 적이 있다. 그곳의 셰프가 직접 고기 가는 도구를 갖고 나와, 손님 테이블 앞에서 퍼포먼스를 펼쳤다. 부재료도 작은 용기에 담아 내놓고 원하는 대로 조합해서 먹으라며 설명을 해주었다. 간이 세지 않고 단맛이 없는 프랑스식 육회였다.

같이 간 지인은 처음 먹어보는 프랑스식 육회라며 잔뜩 기대에 부풀어 있었다. 간 고기가 담긴 그릇을 건네받고 설명대로 양

넘 재료를 마음껏 섞어 먹긴 했는데, 지인의 표정을 보니 상상했던 맛은 아니었던 모양이다. 아무래도 보이는 모습은 비슷해도 자그마한 디테일이 큰 차이를 만들어내기도 한다.

소고기 타르타르

매우 신선한 소고기(안심이
나 홍두깨살) 250~300g
디종 머스터드 1작은술
다진 케이퍼 1큰술
달지 않고 작은 피클오이(코르니숑) 1개(작게 다진 것)

다진 양파 1~2큰술
우스터소스 1작은술
올리브오일 2~3큰술
소금·후추 약간

다진 파슬리 약간
싱싱한 달걀노른자 2~4개
(2~4인 기준)
타바스코소스 1작은술(선택)

1   소고기는 작은 네모 형태로 썬다(또는 얇고 길게 채썰기). 소금, 후추로 간하고 10분 정
도 냉장고에 보관한다.

2   크고 오목한 볼에 피클오이 다진 것, 머스터드, 물기 제거한 케이퍼, 양파, 우스터소
스, 타바스코소스(선택)를 넣고 섞는다. 올리브오일을 첨가한 뒤 잘 섞는다. 여기에
〈1번〉의 소고기를 넣고 골고루 섞어준다.

3   마지막으로 다진 파슬리를 넣고 간을 확인한 다음, 기호에 따라 소금 등을 첨가한다.

4   인원에 맞게 접시를 준비한 뒤 접시 중앙에 양념한 소고기를 소분해서 담고 달걀노
른자를 올린다. 감자튀김이 있으면 곁들이거나 곡물 빵을 얇게 잘라 함께 낸다.

 탄닌이 강한 레드 와인보다는 모르공(Morgon)이나 브루이(Brouilly) 같은 보졸레(Beaujolais)
와인을 추천한다. 그 밖에 지브리(Givry), 상세르(Sancerre) 지역 레드 와인 등과도 매칭해
보길.

새콤짭짤한
타르트

    토마토는 15세기 페루에서 프랑스로 건너왔으며, 초기에는 정원의 관상용으로 길러졌다. 그러다 뒤늦게 식용으로 쓰이기 시작해 지금은 1년 내내 먹을 수 있게 되었다. 그래도 토마토의 제철을 들라면 7~9월이다.

    햇빛을 듬뿍 받아 빛깔 좋은 제철 토마토를 보면 뜨거운 여름날 엄마와 함께했던 추억이 떠오른다. 뙤약볕 아래 주렁주렁 매달려 있는 붉은 토마토를 따서 꼭지 부분을 코끝에 대면 풋풋한 향이 다가왔다. 지금도 싱싱한 꼭지가 달린 토마토를 손질할 때면 그 기억 속의 향을 찾곤 한다.

    토마토는 프랑스에서 가장 기본적인 식재료이면서 쓰임새가 다양한 과채이다 보니, 그것을 요리하는 사람들의 아이디어도 각양각색이다. 차갑게 먹는 샐러드뿐만 아니라 각종 전채요리(앙트레)나 디저트에도 이용되어 어느 땐 채소처럼, 또 어느 땐 과일처럼 자유자재로 변신한다.

　프로방스에서 토마토는 '사랑의 사과Pomme d'amour'라고도 불리는데 제법 어울리는 별칭이다. 특히 토마토 타르트Tarte à la tomate의 첫인상은 아주 신선하고 특별했다. 어느 요리사가 "아이부터 어른까지 모두 다 좋아하는 타르트"라고 말했듯이, 토마토 타르트는 프랑스인들에게 매우 친근한 가정식이었을 것이다. 우리나라에서는 타르트 하면 주로 간식을 떠올리지만, 프랑스에서는 토마토 타르트를 전채요리로 내거나 간단한 한 끼 식사로 먹기도 한다. 식사로 먹을 때는 토마토 위에 치즈 가루를 뿌려서 굽고, 그린 샐러드도 곁들이면 좋다.

　토마토 타르트는 디종 머스터드와 곱게 간 치즈가 들어가는 짭짤한 타르트, 바로 '타르트 살레tarte salée'이다. 이쯤 되면 호기심을 불러일으킨 타르트를 머릿속에 그리며 당장 토마토를 사러 갈 만하지 않은가. 그래서 나도 쿠킹 클래스를 할 때나 프렌치 레스토랑을 운영할 때 늘 토마토 타르트를 선보였다.

　참고로, 타르트에 쓸 토마토를 고를 때는 너무 무르익은 것보다 단단하고 단맛이 나며 붉은 게 좋다. 또 토마토를 너무 얇게 썰지 않는 것이 포인트이다. 도톰하게 썰어야 다 구워서 나온 토마토의 형태가 먹음직스럽고 보기에도 예쁘다.

토마토 타르트

박력밀가루 250g	디종 머스터드 2~3큰술	허브 가루(타임, 오레가노) 약간
차가운 버터(작게 부순) 125g	큰 토마토 3~4개	올리브오일 적당량
얼음물 약간	그뤼에르(또는 에멘탈) 치즈	후추 약간
소금 약간	70g(선택)	밀가루 약간

1   오븐은 180도로 예열한다. 24~27cm 크기의 틀을 준비하여 버터를 바르고 밀가루를 묻힌 후 털어낸다. (또는 간편하게 유산지를 이용해도 된다.)

2   박력밀가루에 버터, 물, 소금을 넣고 반죽을 손끝으로 잘 비벼 동그랗게 뭉쳐 30분 정도 놔두었다가 펴서 틀에 깐다. 바닥을 포크로 찔러준 다음(200도에서 틀에 깐 도우만 10분 정도 미리 구워도 된다) 머스터드를 펴 발라준다.

3   토마토는 미리 동그랗게 슬라이스하고 씨를 적당히 제거한 후 소금을 살짝 뿌려 놔둔다. 수분이 빠지면 키친타월로 한 번 물기를 닦아낸 뒤 머스터드 위에 부채 모양으로 돌려 배열해 놓는다.

4   드라이 허브와 후추, 올리브오일을 약간 뿌려준다.

5   그 위에 치즈 가루(선택)를 뿌려 덮어주고 오븐에 넣는다. 45분 정도 구운 다음 노릇해지면 꺼낸다.

6   식은 후에 잘라 그린 샐러드를 곁들여 먹는다.

 프로방스 지역의 화이트나 로제 와인, 방돌(Bandol) 화이트 와인, 타벨(Tavel) 로제 와인, 부르고뉴(Bourgogne) 레드 와인 등을 곁들여 보자.

토마토는
속을 채워도 맛있다

나에게 식재료 가운데 빛깔과 모양에 반한 것을 고르라면 단연코 토마토라 말할 수 있다. 심지어 각양각색의 토마토를 보고 감탄사를 내뱉기도 한다. 프랑스에만 480여 종, 전체 유럽 내에는 수천 종의 토마토가 있다고 한다. 너무 커서 한 손에 들어오지 않는 토마토부터 소 심장 모양을 닮은 토마토, 대봉감처럼 길쭉한 토마토, 여러 과일 모양의 토마토에 이르기까지, 시장에서 한자리에 모여 있는 토마토를 보면 절로 눈이 휘둥그레진다. 특히 조각가가 빚어놓은 듯 수십 겹의 정교한 주름이 잡혀 있는 토마토는 넋을 잃게 할 정도이다.

제철인 한여름에 싱싱한 토마토를 몇 개 사면 샐러드도 하고 파르시(팍시)도 만들고 싶은 유혹을 떨칠 수 없다. 파르시farcie는 '채우다'란 뜻의 동사 'farcir'에서 유래했듯이, 식재료의 속을 비운 공간에 고기, 생선, 가금류, 해산물, 채소 등 여러 재료를 작게 다져서 채우는 요리이다.

현재는 대부분 익히지 않은 재료로 채우지만, 예전에는 포토 푀나 프로방스의 도브^{Daube} 같은 소고기 스튜의 먹고 남은 고기를 곱게 다져서 속을 채워 만들었다고 한다. 또 요즘은 소고기뿐 아니라 닭고기나 오징어, 생선, 채소도 많이 이용한다. 우리에게도 고추전, 깻잎전, 호박전 등 고기 소를 넣은 명절 음식이 있어 낯설지 않다.

남프랑스 지역 방식대로 토마토 속을 비우지 않고 2등분한 뒤 간결하게 마늘, 허브, 빵가루, 올리브오일을 뿌려 노릇하게 구워 먹어도 별미이다. 구운 토마토는 새콤달콤한 맛이 함께 있어 코스 중 첫 음식으로 내놓으면 식욕을 돋운다.

채소 중에는 토마토, 가지, 호박, 버섯, 파프리카의 속을 파내고, 양배추나 포도나무 잎의 경우는 이파리에 속을 넣고 돌돌 감아 찐다. 특히 토마토를 많이 이용하는 프랑스인들은 방울토마토의 속까지 파내고 채운다. 방울토마토는 작아서 내용물이 많이 들어가지 않으므로 부드러운 치즈 등을 채워 식전 메뉴인 아뮈즈부슈로 내놓는다. 공들여 만드는 시간에 비해 순식간에 먹어 없어지니 조금 허탈하기는 하다.

줄기토마토는 방울토마토보다 큰 편이므로 씨를 파낸 다음 다진 채소와 햄을 채워 구우면 전채요리(앙트레)로 낼 수 있다.

더 큰 토마토의 경우는 고기 등 여러 재료를 섞은 뒤 꽉 채워서 만들면 주요리로도 먹을 수 있다. 가끔 토마토의 속을 채울 때 밥을 넣기도 한다. 파낸 과육과 채소를 다지고 밥을 섞어 만들면 채식하는 사람들에게도 환영받는 메뉴가 된다.

파르시용 토마토는 너무 무른 것을 피하고 잘 익었으나 과육이 단단한 것이 좋다. 만약 생고기를 이용해 소를 만들어 넣으면 오븐에서 굽는 시간을 조금 길게 하고, 반대로 익은 고기를 넣으면 굽는 시간을 절약할 수 있다.

국내에도 노지에서 재배하는 토종 토마토와 개량종들이 꽤 많다. 품종에 따라 신맛, 단맛, 짠맛까지 두루 갖추고 있으므로 구별해서 요리하면 우리 식의 제대로 된 토마토 요리를 즐길 수 있다.

토마토 파르시

토마토 4개	다진 마늘 1작은술	치즈 가루 50(30+20)g
소고기 다짐육 200g	빵가루 2큰술	소금·후추 약간
슬라이스 햄 2장	달걀노른자 1개	올리브오일 적당량
다진 양파 1/2개	다진 파슬리 2큰술	허브(타임) 약간

1 토마토는 꼭지 가까운 부분을 수평으로 자르고 토마토 속을 파낸다. 안쪽에 소금을 뿌리고 뒤집어 놓는다.

2 오븐은 190도로 예열한다. 팬에 양파, 마늘, 고기, 다진 햄을 볶다가 파슬리, 소금, 후추를 첨가한다.

3 샐러드 볼에 볶은 재료를 담고 미리 파놓은 토마토 속 1개분의 과육을 다져 첨가한다. 여기에 달걀노른자를 넣고 치즈 가루(30g)와 빵가루도 첨가하여 골고루 잘 섞어 준다.

4 뒤집어 놓은 토마토에 익힌 속 재료를 각각 채우고 남은 치즈 가루(20g)를 올린 다음 잘라놓은 토마토 뚜껑을 덮는다.

5 그라탱 그릇에 올리브오일을 약간 바르고 허브(타임)를 몇 줄기 깐 뒤 토마토를 담고 그 위에 다시 올리브오일을 뿌려준 다음, 예열한 오븐에 넣고 토마토가 부드러워질 때까지 20분 정도 굽는다.

6 오븐에서 꺼내 샐러드를 곁들여 따뜻할 때 또는 미지근하게 먹는다.

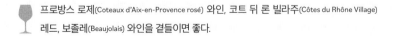

프로방스 로제(Coteaux d'Aix-en-Provence rosé) 와인, 코트 뒤 론 빌라주(Côtes du Rhône Village) 레드, 보졸레(Beaujolais) 와인을 곁들이면 좋다.

김치 맛이 그리울 때,
양배추절임

    프랑스에서의 첫 보금자리는 트램이 지나는 그르노블 시내 중심부에 있었다. 한국에서 미리 부치고 온 살림살이가 채 도착하기 전의 일이다. 임시방편으로 구한 집에는 당장 생활에 필요한 최소한의 것들만 놓여 있고, 한국에서 먹던 음식은 당연히 어디에서도 찾을 수 없었다.

    그때 마침 아버지 친구분의 딸이 파리 유학 생활을 마치고 귀국길에 오르면서 집에 남은 식재료를 주겠다며 연락해 왔다. 우리 부부는 프랑스에 오자마자 구입한 낡은 피아트를 몰고 머나먼 파리로 올라갔다.

    친구분의 딸과는 초면이었다. 그녀는 내게 필요한 것들과 식재료 캔 몇 통을 건네며 "김치 생각이 날 때 이걸 먹으면 어느 정도 해소가 돼요"라고 덧붙였다. 그리고 고춧가루를 넣고 푹 끓이면 대충 김치찌개와 비슷해진다는 정보까지 알려주었다. 그녀가 건넨 것은 바로 양배추절임인 슈크루트choucroute 캔이었다.

파리에서 하루를 묵은 다음 식재료들을 싸가지고 집으로 내려오자마자 캔을 따 보았다. 손가락이 안 들어갈 정도로 양배추가 꽉 채워져 있었고 시큼한 향이 올라왔다. 낯선 식재료에서 나는, 오래 묵은 김치처럼 쿰쿰한 냄새가 훅 코를 자극했다.

캔에서 꺼낸 절인 양배추를 물에 씻지도 않은 채 덥석 냄비에 담고 고춧가루를 넣어 끓였다. 그 결과 짜고 시큼하고 벌건 '양배추찌개'가 되어버렸다. 이 애매모호한 맛은 무얼까. 임시방편으로 먹을 수야 있겠지만 어찌 서울에서 먹던 김치찌개와 비교하겠나 싶어 결국 나머지 캔은 따지 않은 채 보관했다.

훗날 제대로 된 양배추 요리, '슈크루트 가르니Choucroute garnie'를 먹고서야 슈크루트의 원래 쓰임을 알게 되었다. 슈크루트는 배추를 절이듯 양배추를 썰어 소금에 절인 것으로, 김치보다는 소금 함량이 적지만 그래도 조리할 때 베이스로 이용하려면 염분을 씻어낸 후 다른 재료를 첨가하는 게 좋다.

그 후 우리 동네로 공부하러 오는 유학생에게 나도 "김치 생각이 나면 슈크루트를 사서 김치찌개를 시도해 봐요"라고 말하곤 했다. 지금은 사정이 달라졌지만, 우리 가족이 프랑스에서 지낸 1990년대 초만 해도 그곳 마트에서는 완제품 김치는 물론, 김치를 담가 먹을 배추나 무조차 찾아보기 어려웠다. 상대가 시행

착오를 겪지 않도록 절인 양배추는 물에 헹궈 사용하고 훈제 소시지, 돼지고기도 넣어 먹으라는 얘기도 덧붙였다.

양배추의 주산지는 알자스 지역으로, 이곳에서 프랑스 전체 소비량의 70퍼센트 정도가 재배된다고 한다. 알자스는 리슬링, 피노 누아, 게뷔르츠트라미너 등의 와인 산지로 유명하며, 남프랑스 출신 알퐁스 도데가 쓴 단편소설 〈마지막 수업〉의 무대로도 잘 알려져 있다. 독일과 국경을 맞대고 있어 슈크루트 가르니는 독일에서도 많이 먹는 음식이다.

알자스 와이너리 투어 중 저녁으로 '슈크루트'를 먹기 위해 일부러 스트라스부르Strasbourg의 전문 식당까지 찾아간 적이 있다. 그 식당은 시내를 관통하는 운하 옆에 위치해 있었다.

하얀 테이블보 위에는 알자스에서 흔히 볼 수 있는 연초록 와인잔 뢰머Römer가 가지런히 놓여 있었다. 메뉴판을 훑어본 뒤 슈크루트와 이 지역 타르트인 키슈Quiche를 고르고 와인으로는 알자스 리슬링과 피노 누아를 주문했다. 새콤하고 간간한 슈크루트를 한 입 먹으면 와인에 손이 가고, 와인을 머금고 있으면 다시 슈크루트 속의 소시지와 고기를 찾게 되는, 손을 뗄 수 없는 음식이었다. 숙소도 바로 근처이다 보니 마음 놓고 음식과 와인을 즐겼다.

양배추절임은 육가공품 판매점인 샤퀴트리charcuterie에서 필요한 만큼씩 살 수 있으며, 동네 마트에서는 캔이나 병조림으로 판매한다. 물론 여전히 일부 가정에서 직접 양배추를 소금에 절여 저장해 놓고 먹기도 한다. 여기에 소시지와 훈제 돼지고기만 사서 곁들이면 쉽게 슈크루트 요리를 만들 수 있는 것이다.

샴페인 생산 지역인 오브Aube에서도 알자스처럼 슈크루트를 만들어 먹는다. 오브는 양배추 생산량이 알자스에 이어 두 번째로 많으며 염장한 양배추를 헹굴 때 물뿐만 아니라 우유도 이용한다. 또 조리할 때는 알자스산 맥주나 화이트 와인 대신 샴페인을 붓기도 한다.

우리 부부는 파리를 방문할 때 슈크루트가 먹고 싶으면 샹젤리제에 위치한 '알자스L'Alsace'에 들르곤 한다. 이 레스토랑에는 생선 또는 고기 등을 베이스로 이용한 다양한 종류의 슈크루트가 있어, 알자스까지 가지 못한 아쉬움을 조금이나마 달래준다.

국내 백화점의 식료품 코너에 가면 독일, 프랑스, 이탈리아에서 건너온 슈크루트 캔이나 병조림을 만날 수 있다. 육즙이 톡톡 터지는 데친 소시지 옆에 양배추절임을 곁들여 보면 어떨까. 이색다른 조합은 알자스 와인을 부르는 안주 겸 식사가 될 것이다.

슈크루트 가르니

양배추절임(슈크루트) 1병
채 썬 양배추 100g
채 썬 양파 1/2개
편마늘 2~3개
소시지 8개(여러 종류)
삶은 감자 4개

통후추 5알
정향 3개
월계수 잎 2장
타임 가루 1/3큰술
두툼한 베이컨(라르동) 100~150g
드라이 화이트 와인 150~200ml

식용유 적당량
소금·후추 약간
고기 육수(또는 물) 150ml
디종 머스터드 약간

1   양배추절임은 물에 헹궈 물기를 꼭 짠다.

2   오목한 팬이나 웍에 식용유를 두르고 채 썬 양파와 양배추, 마늘을 넣고 투명하게 볶는다.

3   자른 베이컨을 같이 볶은 후 양배추절임도 넣고 골고루 섞으며 볶는다. 이어 와인을 붓고 향신 재료(후추, 정향, 월계수 잎, 타임)를 모두 넣고 끓인다.

4   고기 육수(또는 물)를 첨가한 뒤 뚜껑을 덮고 뭉근하게 끓인다. 30여 분 끓이고 나서 간을 확인하여 소금, 후추로 맞춘 다음 소시지와 삶은 감자를 양배추 속에 넣고 더 끓인다. 국물이 조금 남아 있을 때쯤 불을 끈다.

5   크고 오목한 접시 중앙에 양배추를 소복이 올리고 그 주변으로 소시지, 베이컨, 감자를 담는다. 머스터드를 같이 놓고 먹는다.

알자스 리슬링(Alsace Riesling) 와인이나 알자스 피노 블랑(Alsace Pinot Blanc), 알자스 크레망 (Crémant d'Alsace), 보졸레(Beaujolais) 레드 와인 추천. 또는 맥주와 함께.

키슈 한 조각이면
든든한 식사

    점심이나 저녁으로 '간단하게 뭘 먹을까?' 고민하다가 내리는 결론은 언제나 비슷하다. 점심으로는 주로 새콤한 샐러드를 만들어서 먹고, 저녁은 한 종류로 해결할 수 있는 오븐 요리를 많이 한다. 그리고 달지 않은 식사용 타르트에 샐러드를 곁들이거나, 그라탱 종류를 만들어 와인 한 잔을 곁들이기도 한다.

    프랑스에는 포장 음식을 판매하는 트레퇴르^{traiteur}란 곳이 있다. 그 가게에서는 단순한 포장 음식뿐 아니라 이벤트 음식(케이터링 서비스)도 취급한다. 찬 음식이 대부분이지만 따뜻한 음식도 있어 적당히 데워 먹으면 된다.

    트레퇴르에서는 각종 해산물과 채소 및 고기가 들어간 샐러드, 차갑게 굳힌 요리, 파르시, 미트볼, 그라탱, 타르트, 쌀 요리, 육가공품, 차가운 고기 파테^{pâté} 등 다양한 음식을 판매한다. 그곳에서 인기 있는 품목 중 하나가 바로 키슈^{Quiche} 타르트이다.

키슈는 알자스로렌^{Alsace-Lorraine} 지역에서 즐겨 먹는 로컬 음식으로, 설탕이 아닌 소금을 넣어 짭짤하게 만든 타르트 살레^{tarte salée}의 대표적인 예이다. 로렌 지역의 키슈에는 치즈가 들어가지 않는 반면, 알자스의 키슈에는 양파와 치즈가 들어간다.

다시 말해 키슈 로렌을 만들려면 파트 브리제[18] 반죽과 달걀, 크림, 베이컨만 있으면 된다. 오븐에서 180도에 45분 정도 구우면 바로 완성작이 나올 만큼 간단하다. 하지만 크림과 베이컨의 고소하고 기름진 맛이 속을 꽉 채워주는 음식이다.

누군가의 고집으로 전통이 만들어지고 그 전통은 오래도록 전승된다. 가끔은 변화를 줄 만도 한데 로렌 사람들은 "키슈 로렌에는 우유도 안 되고, 베이컨도 지역산이어야 하며, 치즈를 넣으면 로렌식이 아니다"라고 말한다. 그렇지만 많은 이들이 찾다 보니 키슈는 알자스로렌 지역을 떠나 프랑스 어느 동네에 가도 만날 수 있는 보편적 가정식이 되었다.

그동안 내가 프렌치 레스토랑에서 코스 요리를 할 때 전채요리(앙트레)로 수없이 준비했던 '베레종 키슈'는 양파, 베이컨, 에멘탈 치즈를 넣고 만든 알자스식 키슈였다. 때에 따라 버섯과 대파, 브로콜리도 추가했다. 키슈는 한 끼 밥이 될 만큼 칼로리도 충분하기에 온 가족이 둘러앉아 한 쪽씩 나눠 먹는 음식으로 추천한다.

혼자 여행하다 보면 레스토랑을 이용하는 것이 불편할 때가 있다. 이처럼 홀로 외식하는 게 멋쩍은 날엔 근처 트레퇴르에서 키슈와 샐러드를 사 갖고 돌아와, 숙소에서 편안한 차림으로 먹는 것도 괜찮은 방법이다.

키슈

두툼한 베이컨(라르동) 200~250g
데친 브로콜리 1/2개
달걀 4~5개
크림(또는 우유와 생크림 반반) 400g
소금·후추 약간
* 반죽 : 중력밀가루 250g, 무염 버터
125g, 소금 한 꼬집, 찬물 2~3큰술

1   반죽을 만들어 30분 정도 휴지를 시킨 후 밀대로 밀어 오븐용 그릇에 펼쳐놓는다.

2   베이컨은 1cm로 잘라 노릇하게 굽고, 큰 볼에 달걀과 생크림, 소금, 후추를 넣고 잘
     섞어놓는다.

3   얇게 편 반죽에 베이컨, 브로콜리를 골고루 깔고 그 위에 소스를 붓는다.

4   180도로 예열한 오븐에서 45분 정도 구운 후 확인하고 시간을 더 늘려도 된다. 식
     힌 다음에 자른다.

알자스 피노 누아(Pinot d'Alsace) 와인이나 상세르(Sancerre) 레드 와인, 보르도(Bordeaux) 화
이트, 알자스 리슬링(Alsace Riesling) 와인 등과 매칭한다.

야생 버섯을 따러
가을 산으로

    야생 버섯의 계절, 가을이다. 책방에만 가도 계절의 변화를 눈치챌 수 있다. 그르노블에 살 때 역사가 오래된 아르토라는 서점에 자주 들렀다. 그 서점은 시내에 있었는데, 가을이 되면 눈에 가장 잘 띄는 공간에 야생 버섯 관련 책들을 진열해 놓곤 했다.

    탐스러운 버섯들이 시장에 쏟아져 나온 것을 보며 주변 숲속에 정말 그 버섯들이 있을지 궁금했다. 그래서 한번은 주말에 인근 유학생들이 삼삼오오 모여 버섯을 따기 위해 숲으로 들어갔다(프랑스에서는 11월 1일 모든 성인 대축일 이후 산에 있는 버섯을 먹거리로 채취하는 것이 법으로 허용된다).

    색깔이 너무 화려하거나 난생 처음 보는 버섯은 독이 있을까 찜찜해서 따지 않았다. 시장에서 보던 느타리버섯, 꾀꼬리버섯, 그리고 트럼펫(트롱페트)버섯과 비슷해 보이는 것 등, 이것저것 숲에서 따 온 버섯을 뿌듯하게 쳐다보고는 일행들과 합류해 그르노블에서 제일 오래 거주한 유학생의 집으로 향했다.

각자 가져온 버섯들을 펼쳐놓고 이야기를 주고받은 뒤 남자들이 음식을 만들겠다며 나섰다. 버섯볶음덮밥이 완성되자 우리는 식탁으로 모였다. 그런데 한동안 다들 먹지 않고 서로를 쳐다보기만 했다. 누군가 먼저 시험 삼아 먹고 아무렇지 않으면 먹겠다는 둥 우스갯소리를 하면서 한두 명씩 숟가락을 들었다. 그렇게 며칠이 지났는데 다행히 아무 일도 일어나지 않았다. 만약 누군가 버섯을 잘못 먹고 병원에라도 실려 갔으면 어쩔 뻔했는가. 지금 생각해도 정말 아찔하다.

노천시장에 가면 작은 스펀지처럼 생긴 모렐버섯(곰보버섯)이

눈에 많이 띄며, 생버섯보다는 주로 말린 버섯으로 나와 있다. 모렐버섯은 쥐라^{Jura} 지역이 주산지인 만큼 그 지역 음식에 자주 등장한다.

언젠가 쥐라 지역 와이너리를 방문했다가 아르부아^{Arbois} 시내 식당에서 모렐버섯이 들어간 닭 요리를 맛보았다. 메뉴명 '풀레 오 뱅존$^{Poulet\ au\ vin\ jaune}$'이 의미하듯, 농가에서 기른 닭^{poulet}에 지역 와인인 뱅존과 모렐버섯을 넣은 요리였다.

식당 셰프는 앞치마를 두른 채 무거워 보이는 노란 주물 냄비를 통째로 들고 나왔다. 짙은 크림색 소스와 닭고기 속에는 모렐버섯이 가득했다. 뱅존 와인에서 은은히 올라오는 견과류 향과 모렐버섯의 흙 향이 코를 자극하더니 고기 속에 스며든 와인, 버섯의 쫀득한 질감, 진한 크림소스가 어우러진 고소한 풍미가 이만저만이 아니었다. 식당에 동행한 와이너리 주인이 자기는 자주 먹으니 우리에게 많이 먹으라며 국자로 연신 떠 주었다. 그 덕분에 우리는 냄비 속 음식을 거의 비우고 말았다.

버섯은 프랑스어로 '샹피뇽^{champignon}'이다. 버섯 이름 중 특이하게 '파리의 버섯$^{champignon\ de\ Paris}$'이라고 지명이 들어간 게 있는데, 그것은 다름 아닌 양송이버섯이다. 그 이름을 찾아 올라가 보면 루이 14세 때부터 베르사유에서 이 버섯을 길렀다는 기록이 나온다.

이후 나폴레옹 1세 때는 파리의 지하 동굴에서 양송이버섯을 재배하다가 메트로(지하철) 건설에 걸림돌이 된다는 이유로 서쪽 소뮈르Saumur의 앙주Anjou 지방으로 자리를 옮겨갔다. 그리고 그곳 튀포(백토) 토양의 지하 동굴에서 다시 재배하기 시작했다. 그 지역은 버섯이 자라기에 습도도 알맞고, 온도도 자연 상태 그대로 유지된다고 한다. 이렇게 해서 '파리의 버섯'이란 이름의 양송이버섯은 더 이상 파리에서 재배되지 않으며, 현재 소뮈르 지역에서 프랑스 전체 생산량의 70퍼센트를 커버하게 되었다.

양송이버섯은 볶음, 스튜 요리의 기본 준비 과정에서 거의 빠지지 않을 만큼 대중적인 식재료이고 가격도 비싸지 않다. 신선한 양송이버섯을 생으로 얇게 잘라 샐러드에 넣어 먹기도 하며, 양송이를 비롯한 버섯류는 크림소스와 잘 어울린다.

버섯 오믈레트

(2인분 분량)
양송이버섯 7~8개
파슬리 2~3줄기
그뤼에르 치즈 40g
달걀 4개
베이컨 1줄
소금·후추 약간
올리브오일 적당량

1   양송이는 이물질을 털어내고 2등분하여 모양대로 자른다.

2   베이컨은 작게 썬다. 그뤼에르 치즈는 갈아놓는다.

3   파슬리는 적당히 다진다. 달걀은 오목한 볼에 풀어놓는다.

4   팬에 올리브오일을 두르고 센 불에서 버섯과 베이컨을 먼저 볶은 다음 그릇에 담고, 다진 파슬리와 치즈 20g을 넣고 섞는다.

5   같은 팬에 달걀 푼 것을 2등분하여 절반을 넣고 익히다 〈4번〉의 버섯 익힌 것 1/2을 넣는다. 치즈 10g을 넣고 달걀을 살짝 접어 접시에 담는다(1인분). 남은 달걀과 치즈 재료로 한 번 더 반복한다(1인분 추가).

6   취향에 맞게 소금과 후추를 뿌린다.

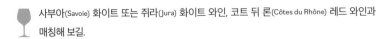 사부아(Savoie) 화이트 또는 쥐라(Jura) 화이트 와인, 코트 뒤 론(Côtes du Rhône) 레드 와인과 매칭해 보길.

다진 소고기로 만든
스테이크

자동차를 타고 프랑스의 지방 도로를 달리다가 푸르른 들판이나 언덕 위의 소들을 보면 품종이 다양하다는 것을 실감한다. 길 가까이까지 내려온 소들을 보고 차를 멈추자, 소들이 우리에게 다가와 마치 사진이라도 찍으라는 듯 순한 표정으로 쳐다본다. 프랑스는 지역마다 몽벨리아르드, 보지엔, 노르망드, 살레, 샤롤레, 아봉당스 등 다양한 품종의 소들이 있다. 이 소들은 한가로이 꽃과 풀을 먹고 양질의 우유와 육류를 제공한다.

목축이 발달한 프랑스에서는 사람들이 갈수록 고기를 적게 사는 반면 소비량은 점점 늘어나고 있다고 한다. 아마도 집에서 만들어 먹지 않고 외식을 하는 빈도가 늘었기 때문인 듯하다. 호기심에 좀 더 검색해 보니 덩어리 고기가 아닌 '스텍 아셰',[19] 즉 고기를 다져 납작한 모양으로 빚은 패티를 소비하는 양이 생각보다 많았다. 슈퍼마켓의 냉장 코너에서는 수십 종의 다진 고기와 스텍 아셰 브랜드를 찾아볼 수 있다. 스텍 아셰 소비량은 대략 연간 25만 톤 정도이며, 1년 기준 한 사람이 42개를 먹는다고 한다. 알고 보면 일반 대중음식점에서 점심 식사로 가장 인기 있는 메뉴이자 학생 식당의 단골 메뉴이기도 하다.

이처럼 다진 고기는 프랑스의 식생활에서 널리 사용된다. 물론 덩어리 고기를 사 와 집에서 직접 다지기도 하지만 편리하게 다짐육을 구입하는 경우가 늘고 있다. 예를 들면 소시지, 미트볼, 채소 파르시, 라자냐, 아시 파르망티에, 비프텍 아셰[20] 등을 만들 때 많이 이용한다. 이 외에 돼지, 양, 칠면조 등의 다진 고기도 소고기 못지않게 소비량이 많다.

어쨌든 프랑스 사람들은 집에서 스텍 아셰를 먹고 싶으면 1년에 몇 번 정도는 정육점이나 마트에서 편리하게 다짐육을 사 온다. 그리고 허브와 소금, 후추를 첨가하여 구운 뒤 감자튀김이나 그린 샐러드를 곁들여 먹는다.

프로방스에서는 다짐육에 양념할 때 소금 대신 짭짤한 앤초비를 다져 넣기도 한다. 나도 가끔 별미로 다짐육을 사다 집에서 이 방법대로 만드는데, 가족들이 좋아한다. 발효된 멸치에는 은근한 감칠맛이 있다. 재밌는 사실은 프랑스에서는 양념으로 넣는 대파, 양파를 따로 익혀서 고기와 섞기도 한다는 것이다.

프로방스식 소고기 스텍 아셰

소고기 다짐육 300g
대파(흰 부분) 1/2대
양파 1/2개
다진 마늘 1큰술
앤초비 필레 3줄
디종 머스터드 1작은술
타임 가루 1작은술
소금·후추 약간
물 2큰술
식용유 적당량

1 대파는 작게 다지고, 양파는 얇게 채 썬다. 앤초비는 다진다.

2 팬에 식용유를 두르고 대파, 양파, 마늘을 넣고 투명하게 볶는다.

3 앤초비와 머스터드를 첨가하고 좀 더 볶아준 다음 식힌다.

4 샐러드 볼에 다진 고기와 채소 볶은 것을 넣고 잘 섞는다. 소금, 후추, 타임 가루, 물을 첨가하고 한 번 더 잘 섞는다.

5 동그랗게 모양을 잡아 4개 또는 6개를 만든 다음, 팬에 식용유를 두르고 앞뒤를 2분 정도씩 노릇하게 굽는다.

6 샐러드와 함께 담아내거나 감자튀김을 곁들여 먹는다.

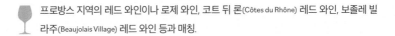

프로방스 지역의 레드 와인이나 로제 와인, 코트 뒤 론(Côtes du Rhône) 레드 와인, 보졸레 빌라주(Beaujolais Village) 레드 와인 등과 매칭.

미식의 고장
부르고뉴

　프랑스 동부의 부르고뉴 지역에 위치한 '황금 언덕'이란 뜻의 코트도르Côte-d'Or는 와인 애호가들 사이에 언젠가 꼭 가보고 싶은 곳 1순위로 손꼽힌다. 특히 이곳에서 재배하는 레드 품종 피노 누아Pinot Noir와 화이트 품종 샤르도네Chardonnay로 만든 와인은 전 세계에서 최고 수준으로 인정받고 있다. 미식가들은 이 고장 와인에 곁들여 먹는 음식 또한 특별하다고 여긴다. 그래서 직접 방문해 음식을 맛보고 레시피대로 따라 하고 싶어 한다.

　부르고뉴를 세계 최고의 와인 산지로 만들어준 미세 기후 조건, 특유의 클리마climat는 그 자체로 유네스코 세계문화유산에 등재되어 있다. 와인 이외에도 치즈, 머스터드, 크렘 드 카시스[21] 등 이 지역의 풍성한 식재료들 또한 자랑거리이다.

　부르고뉴의 대표적인 요리로는 식전 빵 구제르Gougère를 비롯하여 달팽이 요리인 에스카르고 부르기뇽Escargot bourguignon, 햄 요리인 장봉 페르시에Jambon persillé, 레드와인소스의 달걀 요리인 외프 앙 므레트Oeuf en meurette, 닭 요리인 코코뱅Coq au vin, 소고기 요리인 뵈프 부르기뇽Boeuf bourguignon, 향신료 빵인 팽 데피스Pain d'épices 등이 있다. 요리에 관심 있는 사람이라면 한 번쯤 들어보거나 먹어봤으리라. 이 외에도 부르고뉴 전통 요리를 위한 특별 레시피가 요리책의 수많은 페이지를 장식하고 있다.

부르고뉴의 소도시 본Beaune은 인구가 2만여 명밖에 안 되는 곳이지만, 세계 각국에서 몰려온 미식 여행객의 발길이 연중 끊이지 않는다. 방문객들은 골목 구석구석의 와이너리 본사, 와인숍, 치즈숍, 와인 박물관, 레스토랑에 탐닉하며 온 시간을 보낸다. 우리 부부도 물론 그 속에 섞여 미식 순례에 나선다. 조용하던 골목은 이제 넘쳐나는 손님들을 맞느라 분주하고, 갈 때마다 새로운 식당이 한두 개씩 늘어나 있다.

본 시내는 워낙 작아서 걷다 보면 곧바로 포도밭으로 이어진

다. 황금 언덕 코트 도르의 포도밭을 연결해 주는 작은 길은 아래로 포마르 마을, 위로 사비니레본 마을로 이어지는데, 수

확 철이면 트랙터 모양의 차량이 포도를 한 아름 싣고 달린다. 이 길은 저 유명한 산티아고로 향하는 순례자의 길이기도 하여 배낭을 멘 채 지팡이를 짚고 걷는 사람들도 흔히 볼 수 있다. 또 포도밭 사잇길을 가로지르는 자전거도 자주 보인다. 포도밭 언덕을 따라 위쪽 고원지대로 올라가면 하늘이 한가득 보이는 푸른 초원에서 온통 하얀색 소들이 꽃과 풀을 뜯고 있다. 이 하얀 소, 샤롤레는 이 지역의 대표적인 육우 품종이다.

부르고뉴의 전통 음식인 '뵈프 부르기뇽'은 부르고뉴식 소고기찜으로 널리 알려져 있다. 소고기의 기름기 없는 부위를 부르고뉴 와인과 허브로 하루 동안 푹 재어놓았다가 다음 날 채소를 첨가하여 뭉근히 끓여 만든다.

조리에 들어가는 와인과 긴 시간 동안 우러나온 육즙으로 인해 매우 진하고 풍부한 향이 느껴진다. 우리의 갈비찜처럼 공을 들여 만드는 부르고뉴식 소고기찜은 가정마다 전해오는 레시피가 달라서 맛도 다양하다. 먹고 남은 것을 다음 날 데워 먹으면 맛과 풍미가 더해진다. 고기와 소스 모두 진하게 바뀌기 때문이다. 게다가 레드와인소스가 남으면 수란을 띄워 새로운 요리(외프 앙 므레트)를 만들어 먹기도 한다.

나에게는 뵈프 부르기뇽에 얽힌 특별한 사연이 있다. 프랑스에서 생활하던 당시 내 친구가 룩셈부르크 근처 티옹빌이라는 작은 마을에 살았는데, 그르노블과 티옹빌은 수백 킬로미터나 떨어져 있어 쉽게 찾아갈 엄두를 내지 못한 것이다. 한참이 지난 뒤 어느 유채 꽃 만발한 봄날, 모처럼 시간을 내 그리운 친구네 집을 방문했다. 친구는 소고기 사태로 뵈프 부르기뇽을 만들어 놓고 우리를 기다렸다. 정성을 다해 만든 소고기찜은 당근, 양파에서 우러나온 단맛과 걸쭉해진 와인소스가 어우러져 정말 맛있었다. 그래서 체면 불고하고 친구 부부 앞에서 바게트로 접시를 싹싹 닦아 먹었을 정도이다.

그날 친구가 해준 뵈프 부르기뇽은 훗날 우리 프렌치 레스토랑의 대표 메뉴가 되어 많은 사람들에게 사랑을 받았다.

Boeuf bourguignon

뵈프 부르기뇽

소고기(사태, 홍두깨살) 1.3kg 베이컨 3줄 레드 와인 700ml
양파 1개 밀가루 2큰술 대파(흰 부분) 1겹
당근 2개 토마토 다이스 2~3큰술 통후추 10알
셀러리 1줄기 설탕 1큰술 소금 약간
마늘 1~2개 소고기 부이용(육수) 400ml 식용유 적당량
양송이버섯 5개(2개는 장식용) 허브(월계수 잎, 파슬리, 타임)

1   소고기는 5cm 네모 형태로 자른다. 허브는 대파 속에 넣고 부케로 만든다.
2   양파는 채 썰고, 당근과 셀러리는 동그랗게 썰며, 마늘은 편 썬다. 베이컨은 1cm 크기로 썰고, 버섯도 모양대로 얇게 썬다.
3   소고기는 커다란 그릇에 담고 레드 와인과 허브 부케를 넣고 1~2시간 재워둔다. 고기는 꺼내서 물기를 닦고 허브도 꺼내놓는다.
4   불 위에 두꺼운 냄비를 올리고 식용유를 두른 뒤 달궈지면 고기를 굽는다. 노릇하게 구워지면 꺼낸다.
5   같은 냄비에 양파와 마늘, 베이컨, 버섯을 넣고 볶는다. 구운 고기를 첨가하고 밀가루를 뿌려 섞은 다음 토마토 다이스와 설탕을 넣고 레드 와인을 붓는다. 알코올을 날리고 소고기 부이용(육수)도 첨가한다.
6   허브를 첨가하고 통후추도 넣는다. 셀러리와 당근을 넣고 섞어준 다음 뚜껑을 덮고 중약불에서 뭉근히 끓인다. 중간에 거품을 제거하고 계속 졸인다. 1~1.5시간 이상 졸여 고기가 부드러워지면 소스의 간을 확인하고 소금을 첨가한다.
7   허브 부케를 건져낸다. 소스를 맑게 하려면 고기를 꺼내고 체망에 내린다. 가니시(곁들임)를 올리고 싶으면 버섯을 구워서 고기 위에 올린다. 파슬리도 다져서 올린다.

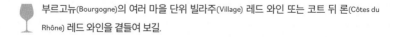 부르고뉴(Bourgogne)의 여러 마을 단위 빌라주(Village) 레드 와인 또는 코트 뒤 론(Côtes du Rhône) 레드 와인을 곁들여 보길.

본에 가면
닭 요리를

부르고뉴의 본Beaune에 있는 오텔디외Hôtel-Dieu 병원(지금은 박물관) 앞 광장은 노천시장이 들어서면 아침부터 분주해진다. 30년 전 처음 부모님을 모시고 왔을 때나 요즘이나 그리 큰 변화가 없다. 방문하는 계절에 따라 제철 식재료가 좀 더 눈에 띄고 옷차림 정도만 바뀔 뿐 풍경도, 주변 가게들도 거의 그대로이다.

오텔디외 병원 앞에 있는 아테나움Athenaeum de la vigne et du vin은 와인 서적을 비롯하여 와인 및 와인 관련 액세서리, 주방도구, 요리책 등 다양한 아이템을 모아 판매하는 곳이다. 지금도 출장 갈 때마다 와인과 요리책을 찾아볼 겸 들르곤 한다.

20여 년 전으로 거슬러 올라가, 어느 날 그곳에 들러 우연히 펼쳐본 요리책에서 '풀레 아 라 가스통 제라르Poulet à la Gaston Gérard'라는 이름의 닭 요리인 코코뱅 블랑Coq au vin blanc을 발견했다. 레시피 제목에 붙어 있는 '가스통 제라르'는 전 디종Dijon 시장의 이름이다. 코코뱅 블랑은 닭고기에 부르고뉴 화이트 와인과 디종 머스터드, 생크림, 지역산 치즈가 들어가는 요리로, 부드러우면서 매우 진한 소스가 일품이다.

당시 가스통 제라르가 직접 요리하지는 않았다고 한다. 요리는 그의 부인이 했으며 그날의 호스트인 남편, 가스통 제라르 시장의 이름을 붙여 오늘날까지 전해 내려온 것이다. 코코뱅 블랑은 쥐라 지역에서도 유명하지만, 특히 부르고뉴 지역에서 뵈프 부르기뇽과 더불어 대표 음식으로 손꼽힌다.

본에 있는 '카보 데 아르슈Caveau des Arches' 레스토랑은 부르고뉴 특산 요리로 유명한 곳으로 코코뱅 블랑 메뉴를 선보이고 있다. 그래서 이 레스토랑은 에푸아스Époisses 치즈가 듬뿍 들어간 별미를 맛보려는 관광객들로 늘 붐빈다.

코코뱅 블랑은 유명한 작가이자 브리야 사바랭의 뒤를 잇는 음식 평론가였던 퀴르농스키가 소개하면서 더욱 널리 알려졌다. 당시 가스통 제라르 시장의 부인은 퀴르농스키에게 나갈 음식을 만들다 실수로 파프리카 가루를 쏟았고, 이를 만회하고자 생크림과 화이트 와인을 넉넉히 넣었다는 것이다. 그래서 레시피에 따라 파프리카 가루를 조금 넣기도 한다.

오늘날에도 코코뱅 블랑은 세계적으로 유명한 와인 산지의 음식인 만큼 부르고뉴를 찾는, 또 와인을 찾는 사람들의 입에서 입으로 전해지며 꾸준히 사랑받고 있다. 그 덕분에 레시피에 올라간 가스통 제라르 시장의 이름도 오래도록 불릴 것이다.

코코뱅 블랑

손질한 닭 1마리(12조각 낸)
올리브오일 50ml
버터 40~50g
채 썬 양파 1개 반
화이트 와인 100ml
생크림 200ml
콩테(또는 그뤼에르) 치즈 100g
디종 머스터드 2~3큰술
소금·후추 약간
파슬리 다진 것

1   팬에 올리브오일과 버터를 두르고 닭을 굽는다. 구운 닭은 따로 놓는다.
2   냄비에 남은 버터와 올리브오일을 두르고 양파를 먼저 볶는다. 화이트 와인을 붓고
    알코올을 날린 후 구운 닭을 넣는다. 생크림을 첨가하고 섞어준 다음 소금, 후추로
    간하고 약불에서 20여 분 끓인다. 머스터드를 첨가하고 5분 더 끓여준다.
3   그라탱 그릇에 익힌 닭을 담고 국물을 부은 뒤 치즈를 올리고 나서, 180도로 예열한
    오븐에 넣고 노릇하게 굽는다.
4   따뜻하게 데운 큰 접시에 나눠 담고 다진 파슬리를 뿌린다.

부르고뉴(Bourgogne) 화이트 와인이나 보졸레(Beaujolais) 화이트 와인, 쥐라(Jura) 화이트 와
인 등을 추천한다.

방울양배추의 귀여움,
엔다이브의 기품

　오래전 프랑스 슈퍼마켓의 채소 진열대에서 우연찮게 줄기에 옹기종기 달려 있는 방울양배추를 발견했다. 항상 알알이 떨어진 상태로 판매되는 것들만 보다가 수십 개가 붙어 있는 모습을 보니 색달랐다.

　방울양배추는 1815년 프랑스에 처음 소개됐는데, 벨기에 브뤼셀 외곽에 있는 생질Saint-Gilles이라는 도시에서 경작되다가 점차 유럽의 다른 지역으로 널리 퍼졌다고 한다. 17세기 들어 벨기에는 인구가 점점 도시로 집중되면서 도시 내 농경지가 부족해졌다. 그러자 생질의 채소 농가에서는 수확량을 늘리기 위해 이전과 달리 수직 재배 기술을 발전시켰고, 그 결과 줄기가 길게 위로 올라가는 방울양배추가 된 것이다. 그리하여 방울양배추는 프랑스에서 '브뤼셀 배추'라고 불린다.

　프랑스에서는 특히 학생들의 급식 메뉴로 자주 나오는데, 그리 사랑받는 메뉴는 아닌 듯싶다. 이는 방울양배추 특유의 맛 때문이 아닐까 추측해 본다.

방울양배추는 생으로 먹으면 밑동에 가까운 부분이 쌉싸름해서 첫맛이 익숙지 않을 수 있다. 그래서 보통은 끓는 물에 10~15분 정도 데쳐서 다른 재료와 함께 먹는다. 유질감이 있는(오일리한) 소스나 짭짤한 재료를 곁들이면 쌉쌀한 맛이 보완되어 훨씬 맛있게 먹을 수 있다.

이처럼 낯선 식재료의 경우 거슬리는 맛이 먼저 다가오지만, 일단 익숙해지면 거부감도 사라지고 그 독특한 맛과 잘 어울리는 재료를 찾아 함께 요리하게 된다. 이와 비슷한 과정을 거치는 채소 중 하나가 앙디브endive, 즉 엔다이브이다.

엔다이브는 몇 년 전만 해도 국내에서 구하기 쉽지 않은 식재료였다. 하지만 요즘은 인기가 높아졌는지, 백화점 식품 코너에 가면 사계절 내내 눈에 띈다. 투명 용기에 2~3개씩 담겨 있는 엔다이브를 볼 때마다 윤이 나는 모습에 매료되곤 한다.

오븐에서 구워져 나온 노릇노릇한 엔다이브 그라탱은 부드러운 식감과 있는 듯 없는 듯 약간 쌉쌀한 맛이 공존하며 입 안에 긴 여운을 남긴다.

엔다이브를 처음 접한 것은 그르노블의 스딩달 대학교 학생 식당에서였다. 오목한 샐러드 그릇에는 2센티미터 정도로 자른 엔다이브가 들어 있고, 그 위에 블랙올리브 몇 개와 듬성듬성 캔 참치가 올려져 있었다. 샐러드용 머스터드소스는 학생들 수백 명이 덜어 먹을 수 있도록 항아리에 가득했으며 한 국자씩 풀 때마다 항아리 겉에 소스 자국으로 그림이 그려졌다.

무슨 맛일까 궁금해하며 엔다이브 위에 소스를 가볍게 흩뿌리고 식탁으로 돌아와 포크를 들었다. 특별한 재료가 포함된 것이 없다 보니 엔다이브의 쌉쌀한 맛이 선명하게 다가왔다. 그 쌉쌀한 맛은 적당히 식욕을 돋우었다.

엔다이브의 산지는 프랑스 북쪽에 위치한 노르파드칼레Nord-Pas-de-Calais와 피카르디Picardie 지역으로, 유럽에서 가장 큰 엔다이브 생산지에 속한다. 엔다이브는 1년 내내 만날 수 있지만 제철은 10월에서 그 이듬해 4월까지이다. 처음 노지에서 자란 잎을 적당히 제거하고 뿌리를 다시 심어 적정 온도와 빛을 차단하는 2차 재배 환경으로 얻어진다.

엔다이브는 '벨기에 상추', 또는 뿌리에서 자란 노릇한 이파리가 다소곳이 모여 있어 '꽃상추'라고도 불린다. 프랑스 노천시장에서는 잘 정돈된 엔다이브를 수북이 쌓아놓고 판매했는데 아침 햇살을 받으면 더욱 반짝반짝 하고 기품이 느껴졌다.

몇 년 전까지 프렌치 레스토랑을 운영할 때는 집 근처 허브 농장에서 벨기에산 엔다이브를 구입했다. 허브 농장에서 받아온 엔

다이브는 항상 짙은 색 기름종이에 싸여 있었다. 이처럼 보관할 때도 재배 환경과 비슷하게 빛을 피해주면 한 달 정도까지 간다.

　그 예쁜 잎도 조리할 때 칼로 자르면 갈변이 시작되니 레몬즙을 뿌려주고, 샐러드와 카나페 등에 생으로 이용하거나 또는 통으로 익혀서 다양하게 활용하면 된다. 연하고 아릿한 맛은 유제품이나 프랑스식 햄 장봉과 잘 어울린다.

Endive gratiné au jambon

엔다이브 그라탱

엔다이브 4개
장봉(슬라이스 햄) 8장
버터 40g

밀가루 40g
우유 500ml
에멘탈(또는 그뤼에르) 치즈 100g

소금·후추 약간
너트메그 가루 약간

1 엔다이브는 끓는 물에 소금을 넣고 6~7분 정도 데친다. 꺼내 식힌 다음 끝부분 심을
살짝 도려낸다. 뭉그러지지 않게 수분을 짜낸다. (수직으로 2등분해도 된다.)

2 냄비에 버터를 녹이고 밀가루를 한꺼번에 넣어 빠르게 잘 섞어준 뒤 우유를 조금씩
넣으며 계속 저어 멍울이 지지 않도록 한다. 표면에 뽀글뽀글 방울이 생기면 치즈
1/3과 너트메그 가루를 넣고 섞은 다음 불에서 내린다.

3 오븐을 예열하고 그라탱 그릇을 준비한다. 넓은 장봉(햄)을 깔고 〈1번〉의 수분을 뺀
엔다이브를 1/2 또는 1개를 올려 돌돌 만다. 그라탱 그릇에 담은 뒤 준비한 〈2번〉의
베샤멜소스로 그 위쪽을 덮는다.

4 남아 있는 치즈를 소스 위로 넓게 뿌려주고 예열된 오븐(180~190도)에서 40분 정도
노릇하게 굽는다. 따뜻할 때 바로 먹는다.

5 소스의 고소함과 부드러운 식감이 와인과 매칭해도 잘 어울린다.

마콩(Macon) 화이트나 알자스 피노 누아(Pinot d'Alsace), 생테밀리옹(Saint-Émilion) 레드 와인
등 다양하게 매칭해 보자.

프랑스식 수육,
포테

세계 여러 나라의 음식을 자세히 들여다보면 서로 비슷한 경우가 있는 것처럼, 프랑스에도 우리와 매우 유사한 음식이 있다. 그중 포테potée나 포토푀pot-au-feu는 넉넉한 국물에 고기와 채소를 넣고 뭉근하게 끓이는 음식으로 우리나라의 수육과 흡사하다.

조금 다른 점이라면 우리는 고기의 잡내를 제거하고 풍미, 연육 작용을 위해 과일, 채소들을 넣었다가 그 역할이 끝나면 버리지만, 프랑스는 함께 넣은 채소들도 고기처럼 형태를 유지시켜 나중에 곁들여 먹는다는 것이다.

이 두 요리에는 '포pot'라는 단어가 공통으로 들어가 있다. 프랑스어에서 포는 음식을 만들 때 사용하는 두꺼운 냄비나 솥을 의미하기도 한다. 음식명 포토푀는 직역하면 '불feu에 올려놓은 냄비pot'란 뜻이며, 아주 오래전부터 각 지방마다 가정에서 화덕에 냄비를 올려놓고 해 먹는 음식으로 이어져 내려왔다.

우리가 흔히 쓰는 '레스토랑restaurant'이란 단어의 유래도 흥미롭다. 레스토랑은 1765년경 파리 루브르 근처에서 시작되었다고 하는데, 그 당시 레스토랑의 의미는 오늘날 국물이란 뜻으로 쓰는 '부이용bouillon'과 동일시되었다. 즉, 포토푀처럼 물에 채소나 고기, 허브 등을 넣고 끓인 국물(수프)을 레스토랑이라는 이름으로 판매하자, 이를 판매하는 장소 또한 레스토랑이라고 불리게 된 것이다.

포토푀는 지방 함량이 적은 소고기(또는 닭고기)를 기본으로 하여 단단한 채소 및 부케 가르니bouquet garni와 물을 넣고 장시간 낮은 불에서 익히는 요리이며, 포테는 돼지고기를 이용하여 같은 과정으로 만든다. 둘 다 약불로 천천히 오랫동안 익히는 요리이다 보니 불 가까이에 머물며 마냥 지켜보지 않아도 된다.

포토푀를 조리할 때 고기(다릿살, 사태, 볼살 등)를 넣고 실온 물을 부어 익히는 방법도 있고, 고기를 먼저 센 불에 구운 후 물을 붓는 방법도 있다. 또는 고기와 함께 한 번 끓인 물은 버리고 다시 끓이기도 한다. 이렇게 고기를 익히다가 중간에 채소와 부케 가르니, 굵은 소금, 통후추를 넣는다. 포토푀에 특별한 맛을 더해주는 재료가 바로 사골이며 이는 미리부터 넣지 말고 불에서 내리기 15~20분 전에 넣어 골이 밖으로 니오지 않도록 한다.

한편 돼지고기를 이용하는 포테는 생고기와 훈연한 샤퀴트리

charcuterie 양쪽 모두 이용한다.

포토푀와 포테에 들어가는 단단한 채소는 당근, 무, 양배추, 감자, 단호박, 양파, 대파, 셀러리 등이며 허브 다발인 부케 가르니는 파슬리, 월계수 잎, 타임 등을 넣어 만든다. 채소 중 감자는 오랫동안 끓이면 다 뭉그러지고 육수를 탁하게 하므로 별도로 삶거나 불을 끄기 30분 전에 넣는다. 2~3시간 끓여서 포토푀가 완성되면 고기와 채소, 사골 뼈는 커다란 접시에 담고 육수는 체에 걸러 수프 단지에 담아놓는다. 부드럽고 간이 심심한 고기와 채소는 코르니숑(오이피클)과 디종 머스터드, 소금을 곁들여서 먹고 바삭하게 구운 빵도 함께 먹는다.

8월 말부터 포도 수확기에 접어드는 샹파뉴 지역에서는 포도를 수확하는 사람들을 위해 식사 때 '포테'를 준비하여 나눠 먹는 전통이 있다고 한다. 이 시기에는 포도를 따는 일꾼들이 각지에서 몰려든다. 알알이 영근 포도송이를 하나하나 손으로 따는 그들의 마음은 포도밭 주인과 다르지 않을 것이다. 하루 종일 허리를 수그리고 작업한다는 건 보통 일이 아니다. 잠깐이지만 가위를 들고 포도를 직접 수확해 본 경험이 있어 그들의 심정을 십분 이해한다. 땀 흘려 일한 그들에게 포테는 분명 꿀맛 같은 식사였으리라.

Potée

포테

돼지고기 다릿살 600g	감자 4개	마늘 2쪽
훈연 통삼겹 500g	양파 1개	통후추 10알
도톰한 수제 소시지 4개	대파(흰 부분) 1대	굵은 소금 한 꼬집
당근 4개	셀러리 1줄기	디종 머스터드
무(둥근) 250g	정향 2개	바게트 빵 1/2개
양배추 1/3통	허브 부케(타임이나 로즈메리 2줄기)	

1   돼지고기와 통삼겹은 4등분해 놓는다. 당근과 무는 껍질을 벗기고 크기에 따라 4등
    분한다. 양배추는 4등분하고 감자는 씻어 통으로 또는 2등분한다. 양파에 정향을
    박는다. 셀러리는 3등분한다.

2   끓는 물에 돼지고기를 3~4분 정도 익힌다.

3   냄비에 돼지고기와 통삼겹, 소시지, 양배추, 당근, 양파, 대파, 셀러리, 마늘, 허브 부
    케, 통후추, 소금 약간을 넣고 물을 내용물이 잠기도록 넉넉히 부은 다음 약불에서
    익힌다. 1시간 후 감자를 첨가한다.

4   대략 전체적으로 1시간 30분 동안 익힌 후 익힘 상태를 확인하고 불을 끈다. 대파와
    양파, 셀러리, 허브 부케는 제거한다.

5   크고 오목한 접시에 고기와 소시지, 채소(당근, 무, 양배추, 감자)를 나눠 담고 국물은 필
    터링을 한 후 고기, 채소 위에 조금 뿌려준다. 남은 국물은 수프 그릇에 따로 담는다.

6   디종 머스터드를 준비하고, 바게트 빵도 곁들인다.

🍷 각 지역의 로컬 와인을 매칭한다. 보졸레(Beaujolais), 부르고뉴(Bourgogne Passetoutgrains), 코
    트 뒤 론(Côtes du Rhône), 코트 드 뉘(Côtes de Nuits), 샤토네프 뒤 파프(Châteauneuf du Pape), 코
    토 샹프누아(Coteaux champenois) 레드 와인 등.

3장

치즈와 와인과 디저트

코스 요리에서
'치즈 게리동'을 만나면

프랑스의 여름방학은 길다. 그 여름방학을 알차게 보내고자 남편을 따라 남프랑스로 향했다. 건축물을 보기 위해서였다. 정신없이 둘러보다 늦은 저녁을 먹으러 레스토랑에 들어갔다.

옆 테이블에서는 70세가 넘어 보이는 여행객 부부가 앉아 식사 중이었다. 우리보다 음식 코스가 빨라 주요리가 끝나고 치즈가 나왔는데, 노부부는 서너 종류의 치즈를 접시에 받아 빵과 함께 음미하며 정말 맛있게 먹었다. 각각의 치즈 종류가 정확히 기억나진 않지만 하나는 분명 블루(블뢰) 치즈로, 크리미하고 짭짤하며 푸른곰팡이가 있는 치즈였다.

내가 치즈를 좋아하듯 우리 집 두 아이 모두 치즈를 좋아한다. 특히 작은아이는 프랑스에서 7년을 산 큰아이와 달리 내 뱃속에서 고작 8개월 머물렀을 뿐인데도, 프랑스 음식에 유달리 애착이 강하다. 한때 치즈를 사 오면 다 먹고 나서도 냄새가 밴 포장

용기를 버리지 않고 모아놓을 정도였다.

작은아이는 시간 날 때마다 치즈 공부를 하면서 그 모양을 따라 그리기도 했다. 입대한 아들의 책상을 정리하다가 우연히 공책에 빼곡하게 그려져 있는 치즈 일러스트를 발견했다. 어찌나 꼼꼼하게 그렸던지…. 신병 교육이 끝나는 날, 오랜만에 작은아이를 보러 가면서 주저 없이 치즈를 몇 개 골랐다. 작은아이는 갖고 간 치즈를 보더니 함박웃음을 지으며 좋아했다. 안 갖고 갔으면 섭섭해할 뻔했다.

우리가 매일 먹는 김치도 여러 종류이고 지역에 따라 담그는 방식이 다른 것처럼 프랑스에서는 지역별, 품종별로 다양한 동물의 젖을 이용하여 수많은 자연 치즈를 만들고 있다.

앞서 노부부 이야기에 나온 것처럼 메인 식사를 마치고 디저트 음식 전에 이어지는 코스가 바로 치즈이다. 모든 레스토랑이 똑같지는 않지만 좀 격식을 갖춘 곳에서는 수십 종의 치즈를 게리동[22]에 담아 내온 뒤, 손님이 치즈를 선택하면 그 자리에서 잘라 접시에 담아준다.

모양도, 크기도, 색깔도 제각각인 치즈들을 보면 무엇을 고를지 고민이 될 수 있다. 만약 골고루 먹어보고 싶다면 소젖으로 만든 부드럽고 순한 브리Brie나 쿨로미에Coulommiers, 피라미드의 윗부분을 잘라놓은 듯한 형태의 염소 치즈 발랑세Valençay, 양젖으

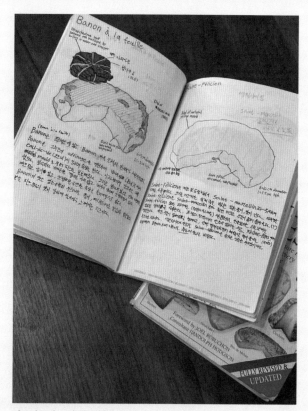

작은아들이 그린 치즈 일러스트.

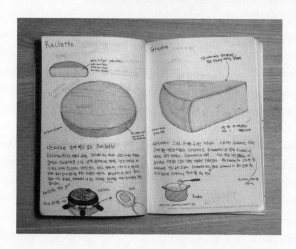

로 만든 블루 치즈이자 '왕의 치즈'라 불리는 로크포르^{Roquefort}는 어떨까. 똑같은 치즈가 없어도 상관없다. 서빙 직원에게 "다양한 치즈를 맛보고 싶으니 추천해 달라"고 하면 된다. 레스토랑에서 수백 종류나 되는 치즈를 다 갖춰놓을 수는 없으므로 비슷한 치즈를 추천해 줄 것이다.

또한 로컬 레스토랑을 방문하면 그 지역에서만 맛볼 수 있는 치즈를 만나는 기회도 생긴다. 이에 맞춰 어울리는 와인을 곁들여 보는 것도 추천한다.

몇 해 전부터 와인 관련 일이 늘어나면서 프랑스를 비롯한 유럽 여행이 잦아졌다. 이를 계기로 와인과 음식, 그리고 미술·건축·역사를 아우르는 소규모 여행 팀을 꾸려 운영하기 시작했다. 그 일행들과 함께 저녁을 먹으면 대개는 긴 코스가 이어진다. 프랑스 레스토랑은 음식 양이 만만치 않아서, 메인 식사가 끝난 후 치즈까지 챙겨 먹을지 아니면 건너뛰고 바로 디저트만 먹을지, 아무리 배가 불러도 고민하게 마련이다.

나는 치즈 게리동과 마주치면 그 맛있는 치즈들을 외면하기 쉽지 않다. 더 많은 치즈를 먹지 못해 언제나 아쉽지만 마시던 와인이 남아 있으면 그것과 어울릴 치즈를 고르거나, 치즈 대신 디저트를 선택한 동행과 나눠 먹을 치즈를 선택하는 정도로 만족한다.

지역이나 레스토랑에 따라 가끔 치즈와 함께 약간의 잎채소 샐러드가 서빙되는 곳도 있다. 크리미한 치즈를 먹을 때는 그 샐러드가 입 안을 깔끔하게 해준다. 또한 예전에는 지금과 달리 잼, 견과, 건과와 치즈를 함께 담아 '디저트'로 내놓기도 했다.

와인은 치즈에 따라 매칭이 달라지는데, 우선 동일 지역 치즈와 와인을 맞추는 것이 제일 무난한 방법이다. 그리고 염소 치즈는 주로 화이트 와인과, 블루 치즈는 레드 와인이나 스위트한 와인 및 스파클링 와인과 짝을 맞춘다.

예를 들어 프랑슈콩테 지방의 콩테 치즈는 그 지역 쥐라Jura 와인과, 샤비뇰 마을의 염소 치즈는 화이트 와인인 상세르 블랑Sancerre blanc과, 또 블루 치즈인 로크포르는 소테른Sauternes의 스위트한 와인과 잘 어울린다. 그 밖에 부르고뉴 지방의 에푸아스 치즈에는 부르고뉴 레드 와인을, 알자스로렌 지방의 묑스테르 치즈에는 알자스 화이트 와인을, 카망베르나 브리 치즈에는 사과주 시드르Cidre 또는 보졸레 및 부르고뉴 레드 와인을 곁들이면 무난하다.

사계절 다양한 치즈
맛보기

카망베르, 쿨로미에, 브리. 세 치즈는 모두 형태가 동그랗다. 이중에서 가장 큰 치즈는 브리, 그다음이 쿨로미에, 즉 카망베르가 가장 작다. 그래서 쿨로미에 치즈는 '작은 브리' 또는 '큰 카망베르'라고도 불린다.

프랑스 생활 초기에는 주로 순하고 버섯 향이 나는 치즈를 사 먹었다. 숙성 기간이 짧고 프레시한 치즈들이었다. 시간이 지나며 치즈 맛에 익숙해지자 차츰 더 다양한 제품을 찾게 되었다. 또 계절이 바뀌면 그때그때 어울리는 치즈들을 먹곤 했다.

봄, 여름에는 샐러드 위에 염소 치즈나 연질의 콩테 또는 보포르 치즈, 그리고 숙성이 짧은 프레시한 치즈들을 올려서 먹었다. 가을에는 종종 오븐을 이용하여 그라탱을 만들 때 그뤼에르나 에멘탈 같은 치즈들을 갈아서 올렸으며, 추운 겨울에는 주로 가열해서 녹여 먹는 치즈 퐁뒤나 라클레트를 즐겼다. 여럿이 둘러

앉아 먹기 좋은 음식이라서 친구들을 초대해 함께 나누곤 했다.

채소와 과일처럼 치즈도 맛있게 먹을 수 있는 제철이 따로 있다. 새봄에 싱싱한 풀과 꽃을 뜯어먹고, 가을에 향기가 풍부한 풀을 먹은 소나 염소의 원유로 만든 치즈는 그렇지 못한 환경에서 얻어진 치즈와 그 맛이 확실히 다르다.

프랑스 정부는 전역에서 생산되는 치즈의 원산지 명칭을 컨트롤하는 AOC(Appellation d'Origine Contrôlée) 제도를 만들어 관리해 왔다. 이는 품질 인증 제도 역할을 한다.

2009년부터는 유럽연합EU 차원에서 치즈, 버터, 크림, 과일 등에 대해서도 품질과 지리적 특성을 보호하는 AOP(Appellation d'Origine Protégée)로 전환함으로써 소비자가 믿고 구입할 수 있도록 신경 쓰고 있다. 생산자와 소비자 모두를 위한 품질 보호 아래 만들어진 수백 종의 AOP 치즈 가운데 프랑스산이 46종으로 가장 많다(소 치즈 28종, 염소 치즈 15종, 양 치즈 3종). 이처럼 프랑스는 유럽연합 회원국 중 치즈를 가장 많이 생산하는 동시에 소비하는 나라이다.

치즈 이름은 일반적으로 생산되는 마을명(또는 수도원명)을 브랜드로 쓴다. 다만 '브리야 사바랭 치즈'는 예외로 인명이 붙여진 경우이다. 브리야 사바랭은 자신의 저서《브리야 사바랭의 미식 예찬》에서 언급하길 "치즈 없는 후식은 한쪽 눈이 먼 미녀와 같

다"라고 했다.[23]

　프랑스 치즈의 다양성은 샤를 드골 전 프랑스 대통령과 관련된 유명한 일화에도 잘 드러나 있다. 샤를 드골 대통령은 재임 당시 수백 종의 다양한 치즈를 생산하는 자국을 빗대어 "치즈가 258종이나 되는 나라를 어떻게 잘 통치할 수 있겠는가?"라고 말했다는 것이다.

이처럼 치즈는 미식의 필수 코스라 해도 과언이 아니다. 또 다양한 맛과 개성 넘치는 치즈에 대한 프랑스 사람들의 애정과 긍지는 특별하다. 그리하여 치즈는 와인과 더불어 프랑스 미식 문화의 대명사가 되었다.

프랑스에 사는 동안 치즈를 많이 먹었다고 생각했지만 되돌아보니 그것은 수십 종류에 불과했다. 국내에서도 만날 수 있는 치즈의 종류가 점차 늘고 있으나 치즈 시장 규모가 아직 주변국에 비해 훨씬 작아서 아쉽다. 앞으로 찾는 이가 더 늘어나고 치즈 수입 조건이 완화되면 더욱 다양한 치즈가 수입되어 가격도 좋아지길 고대한다.

겨울의 별미,
녹여 먹는 치즈

그르노블 도심을 흐르는 이제르Isère 강 건너 명물 동글이 케이블카를 타고 전망대에 오르면 멀리 펼쳐진 알프스의 설경이 한눈에 들어온다. 그야말로 장관이다. 스탕달 대학교 내 어학 과정에서 함께 수업을 듣던 북유럽 출신 친구들은 수업 후 스키를 탄다며 늘 신이 나 있었다.

사부아Savoie 지역이 그리 멀지 않기 때문에 추운 겨울이면 특히 많이 찾는 것이 치즈 요리였다. 계절의 별미인 치즈 퐁뒤에 사부아 화이트 와인을 곁들이면 얼었던 몸도 치즈 녹듯 풀리고 그 맛은 부드럽기 그지없다. 그러니 추운 겨울이야말로 설산을 찾아 겨울 스포츠를 만끽하고 미식도 즐길 수 있는 최적의 계절이다.

아주 오래전에는 치즈와 단단한 빵, 마른 소시지로 끼니를 해결해 주던 '목동의 도시락'이 이제는 산 아래 도시, 안시Annecy에서 매 겨울 관광객들이 꼭 먹어야 할 추천 음식이 되었다. 나 같은 이방인도 처음 먹어보고 단번에 반한 음식이 치즈 퐁뒤와 라클레트이다. 프랑스, 스위스의 산간 지역에서 따뜻하게 겨울을 나게 해주는 또 다른 음식으로는 치즈를 감자와 섞어서 만든 알리고Aligot, 타르티플레트Tartiflette 등이 유명하다.

  우선 치즈 퐁뒤는 두꺼운 냄비(또는 전용 포트)에 얇게 간 치즈, 마늘, 전분, 와인, 체리 증류주 약간을 넣고 재료를 골고루 저어 몽글몽글 기포가 피어오르면 꼬치에 끼운 빵을 찍어 먹으면 된다. 그리고 라클레트는 덩어리 치즈를 불 가까이에 놓고 녹아 흐르면 그 치즈를 '긁어서racler' 감자, 햄 등과 함께 먹는다. 라클레트 전용 기구가 있어서 각자 1인용 미니 팬에 치즈를 녹여 먹기도 한다. 두 음식은 아무래도 가족이나 친구들이 모여 자주 해 먹기 때문에, 식사 분위기가 화기애애하다. 아울러 음식뿐만 아니라 즐거움과 흥까지 함께 나누게 된다.

  라클레트의 경우 옛날에는 소박하게 치즈와 소시지, 감자 정도로 만들어 먹다가, 오늘날에는 각 가정마다 기호에 따라 고기, 해산물, 채소 등 다양한 식재료를 구비하여 치즈와 함께 먹는 패턴으로 확대되었다. 라클레트 전용 기구도 오로지 치즈만 녹이던 2~4인용에서 6~8인용으로 바뀌고, 전열 코드 위 판에 재료를 구울 수 있는 돌판까지 등장하는 등 세대교체가 된 듯하다.

치즈 퐁뒤는 내가 고국으로 돌아와 프렌치 레스토랑을 오픈한 해부터 12년간 겨울 시그니처 메뉴로 많은 사랑을 받았다. 반면 라클레트는 당시만 해도 국내에서 흔치 않은 음식이어서 특별히 찾는 손님에 한해서만 준비를 했다. 치즈가 열기에 녹으면서 사방으로 퍼지는 고릿한 냄새 때문에 질색하는 손님도 있어 예약제로 몇 번 시도하다가 아쉽지만 포기하고 말았다.

내게는 이 같은 치즈 요리가 마치 "사립문 닫고 먹는다"는 가을 아욱국처럼 별미 중의 별미였다. 치즈를 좋아하기 때문이기도 하지만, 더 그럴싸한 이유는 늘 바빠서 주방에만 머물던 내가 주방을 탈출하여 손님용 의자에 앉아 함께 먹을 수 있는 음식이었기 때문이다.

프랑스에서 귀국할 때 겨울이면 라클레트가 생각날 것 같아서 이삿짐에 넣어 온 기구를 여전히 사용하고 있다. 이제는 국내에서도 와인을 마시거나 프랑스, 스위스로 출장을 다녀오는 사람들 중에 라클레트를 좋아하는 이들이 많아졌다. 그래서 백화점 치즈 코너에 가면 어렵지 않게 라클레트 전용 치즈도 구할 수 있다.

국내에 수입된 치즈 가운데 치즈 퐁뒤에는 주로 에멘탈, 그뤼에르, 콩테 등을 사용한다. 여기에 보포르, 아봉당스 같은 치즈까지 더하면 각별한 맛을 경험할 수 있다. 한편 라클레트를 할 때는 라클레트 전용 치즈와 더불어 보포르, 모르비에 치즈 등을 이용하면 프랑스 현지의 맛을 한층 더 느끼게 될 것이다.

해마다 겨울이 오면 자연스럽게 라클레트와 퐁뒤를 기다리게 되고, 치즈 판매대에서 라클레트용 치즈가 보이면 겨울이 왔음을 실감한다.

라클레트

라클레트용 치즈 400g
장봉(슬라이스 햄) 8장
소시지 8개
삶은 감자 8개
양송이버섯(또는 새송이버섯) 적당량
양파 1/2개(채 썬)
얇게 썬 소고기 200g
오이피클(코르니숑) 약간

1   라클레트 치즈 그릴을 준비한다.

2   치즈는 얇게(0.5cm) 슬라이스한다. 버섯도 얇게 썬다.

3   개인 접시 2개를 준비해 하나는 치즈를 나눠 담고, 하나는 앞 접시로 사용한다.

4   공동 접시에 장봉(햄), 소시지, 감자, 버섯, 양파, 고기를 담는다.

5   라클레트 치즈 그릴을 중앙에 놓고 불을 켠 후 달궈지면 치즈는 작은 개인 팬에 놓고, 나머지 재료는 달궈진 판 위에 올려 구우면서 녹은 치즈와 함께 접시에 담아 먹는다. 오이피클(코르니숑)을 곁들여 먹는다.

 사부아(Savoie) 지역의 화이트 와인이나 레드 와인, 쥐라(Jura) 화이트, 보졸레(Beaujolais)와 부르고뉴(Bourgogne)의 와인도 곁들여 보길.

치즈의 종류

치즈는 보통 원유를 응고하고 유청(whey)을 분리해서 성형을 거쳐 소금 간을 한 다음 발효·숙성시켜 만든다. 완성된 치즈는 제조 방법에 따라 다음과 같이 분류된다.

생치즈(pâte fraîche), 비가열 압착 치즈(pâte pressée non cuite), 가열 압착 치즈(pâte pressée cuite), 푸른곰팡이 치즈(pâte persillée), 흰곰팡이 연성 치즈(pâte molle à croûte fleurie), 세척 외피 연성 치즈(pâte molle à croûte lavée) 등이다.

대표적인 예로, 생치즈에는 프로마주 블랑을 비롯하여 리코타, 부라타, 모차렐라 등이 있다. 비가열 압착 치즈로는 우리에게 친숙한 체다, 고다 등이 있고, 단단한 가열 압착 치즈는 콩테, 그뤼에르, 에멘탈, 보포르 등이다. 푸른곰팡이 치즈(블루 치즈)로는 로크포르, 푸름 당베르, 블뢰 도베르뉴가 있으며, 흰곰팡이 연성 치즈로는 우리에게도 익숙한 카망베르를 비롯하여 브리, 쿨로미에, 샤우르스, 브리야 사바랭 등이 있다. 세척 외피 연성 치즈는 랑그르, 에푸아스, 퐁레베크 등이며 그 외 염소 치즈로는 생트모르 드 투렌, 샤브루 등이 있다. 이 치즈들은 모두 국내 몇몇 백화점의 치즈 전문 코너에서 만날 수 있다.

치즈 자르기 및 보관법

치즈를 성형할 때 사용하는 틀도 원형, 사각형, 원통형, 하트형 등 다양하다. 짧게 또는 길게 숙성을 거친 치즈들은 틀 모양대로뿐 아니라 그 밖의 다양한 형태로 선보인다. 그처럼 여러 형태의 치즈를 사서 먹을 때는 배분 시 약간의 규칙이 존재한다. 혼자 먹을 때는 상관없지만 여럿이 함께 나눠 먹는 경우에는 상대방을 배려하며 자르도록 한다.

치즈 모양이 제각각이어도 요령만 알며 그리 어렵지 않다. 이를테면 치즈의 겉 부분과 부드러운 속을 함께 먹도록 자르면 되는 것이다. 예를 들어 카망베르는 정

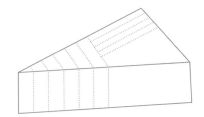

중앙에서 가장자리로 밀어 자르고, 에멘탈이나 그뤼에르는 일자 형태로 자르며, 작은 염소 치즈는 열십자로 4등분한 뒤 다시 같은 모양으로 더 작게 자른다. 이렇게 자른 치즈는 스프레드 형태로 발라 먹는 것보다 빵 위에 그대로 얹어 먹는다. 물론 에푸아스나 랑그르처럼 질감이 연하고 크림처럼 숙성된 치즈는 발라 먹어도 좋다.

치즈를 먹으려면 30분 내지 1시간 전쯤 냉장고에서 실온에 꺼내놓는다. 먹는 순서는 부드럽고 순한 치즈부터 먼저 먹고, 향이 강한 치즈나 숙성되어 수분이 빠져 단단한 치즈를 나중에 먹으면 된다. 먹고 남은 치즈는 원래의 포장지에 잘 넣거나, 냄새가 섞이지 않도록 커피 필터(여과지) 및 종이 호일에 따로따로 싼 다음 냉장고에 보관한다.

와인과
음식의 어울림

　와인 생산국인 프랑스에서 가장 많이 마시는 자국 와인은 론 Rhône 지역 와인이라고 한다. 론은 보르도Bordeaux 다음으로 면적이 넓은 와인 산지로, 다양한 품종의 와인을 생산한다. 우리 부부도 큰 부담 없이 음식과 함께 먹을 데일리 와인으로 마트에서 론 와인을 사서 즐겨 마셨다.

　프랑스 식탁에서 와인은 특별한 때만 마시는 대상이 아니라 평소 음식과 함께 먹는, 또 하나의 음식 같은 것이다. 식사를 하면서 알맞은 와인을 신중하게 찾아 마시는 사람이 있는가 하면, 음식과 상관없이 본인의 와인 취향대로 그냥 마시는 사람도 있다. 또한 자신이 사는 지역에서 나는 와인이 워낙 풍부하다 보니 그 지역의 와인만 마시는 사람도 많다. 와인은 품종이나 생산 지역, 그리고 생산 방식에 따라 스타일이 달라진다.

　가을철이 되면 프랑스의 대형 마트에서는 전국 각지의 와인들 가운데 전문가가 선택한 와인들을 모아 할인 판매한다. 그럴 때 대부분 가정에서는 다양한 와인을 살펴보고 여러 병을 한꺼번에 구매해 집 안에 있는 지하 셀러나 와인 셀러에 보관해 놓는다. 그리고 가족 기념일이나 즐거운 연말 파티에 그 와인들을 오픈한다.

좀 더 전문적으로 와인을 마시고 싶으면 와인 관련 가이드 앱이나 도서들을 참조하기도 한다. 우리 집도 예외는 아니었다. 남편은 와인 장터가 열리는 날 적당한 와인을 사기 위해 와인 잡지나 책에 실린 조언을 참고했다. 덕분에 프랑스에서 생활하며 와인을 즐기는 경험과 소박한 행복을 얻을 수 있었다.

와인과 음식의 어울림, 즉 '아코르 메뱅'[24]은 식사할 때 또 다른 즐거움을 선사한다. 유럽 음식이 대체로 짜다고 하는데 단맛은 짠맛, 쓴맛 그리고 신맛까지 중화시켜 주므로 상호 보완 관계로 이용하면 좋다. 짭짤한 로크포르 치즈를 먹을 때 스위트 와인 또는 진한 와인을 곁들이는 것도 그런 이유 중 하나이다. 채소 음식에 가미된 신맛이나 매콤한 우리 음식에서 느껴지는 통각은 단맛이 어느 정도 있는 와인을 곁들이면 수그러진다.

만약 가벼운 전채요리(앙트레)에 와인을 맞춘다면 어떨까. 진한 와인으로 매칭하면 부담스럽고 음식의 여운도 느낄 수 없을 것이다. 이럴 때는 비슷한 농도의 가벼운 와인과 맞춘다. 한편

서로 다른 성질을 보완하여 맞추는 방법도 있다. 예를 들어 기름기가 많은 꽃등심 스테이크는 탄닌이 풍부한 와인과 함께, 육즙이 없어 목 넘김이 힘든 퍽퍽한 고기에는 유질감 있는 남부 론 지역의 그르나슈Grenache 품종 와인을 선택해 보는 식이다. 기름기가 많은 연어의 경우는 산도가 깔끔한 리슬링이나 프레시한 소비뇽 블랑 와인이 의외로 잘 어울린다.

와인의 맛을 제대로 즐기려면 서빙할 때 온도를 맞춰주는 게 좋다. 차가운 음식은 차갑게 칠링chilling한 화이트 와인과 어울리고, 뜨거운 요리는 실온에서 마실 수 있는 레드 와인으로 맞춘다. 같은 소고기라도 차가운 육회는 시원한 샴페인이나 화이트 와인과 매칭하면 좋고, 살짝 익힌 샤브샤브 고기는 가벼운 레드나 로제 와인과 어울린다. 향이 적고 가볍게 요리한 닭고기는 화이트 와인과 함께, 소스가 진한 고기는 실온의 레드 와인과 맞춘다.

음식과 와인의 궁합은 각 개인별로 맛의 기준과 취향이 달라서 무엇이 절대적으로 옳고 그르다고 단언할 수는 없다. 그렇지만 와인을 선택할 때 다른 이들의 축적된 경험도 도움이 될 것이다.

나의 첫 와이너리 방문은
보르도

    나뭇잎들이 울긋불긋한 옷으로 갈아입은 늦가을, 차를 타고 그르노블 반대편 남서쪽에 위치한 보르도를 여행하던 중 샤토[25]에 들어가 와인을 시음했다. 이것이 30여 년 전 첫 와이너리 방문이었다. 그 후 몇 년이 지나 본격적으로 다시 방문한 와인 여행지가 보르도이다.

    육각형 모양의 프랑스 본토 지도를 들여다보면 북부와 중부 일부 지역을 빼고는 대부분이 와인 산지이다. 그러다 보니 프랑스 각지를 돌아다니는 와이너리 투어 초창기에는 촘촘하게 계획을 짜서 강행군했다. 한번 떠날 때마다 10일이 넘는 여행 일정은 설렘과 호기심으로 가득 채워졌다.

    차창 밖으로 끝없이 푸르게 펼쳐진 포도밭을 지나갈 때면 가슴이 뛰고, 목에 걸고 있던 무거운 카메라로 부지런히 셔터를 눌렀다. 프랑스에 살아도 내 돈으로 사 본 적 없는 1등급 와인을 비

롯하여 다양한 와인들을 매일매일 시음하고, 수백만 병의 와인
과 오크통이 놓여 있는 와인 저장고chai와 포도밭을 피곤함도 잊
은 채 정신없이 돌아다녔다.

　무거운 가방을 들고 다리가 아프도록 걷다가도 때가 되어 입
에 무언가 들어가면 금세 기운이 솟았다. 강한 냄새를 풍기는
비둘기 요리와 물컹한 오리고기를 처음 접했을 때는 도저히 목
으로 넘기기 힘들었으나 함께하는 와인이 있어 다행이었다. 게
다가 각 지역의 특산 디저트를 만나는 즐거움도 컸다. 생테밀리

옹Saint-Émilion의 작은 골목을 산책하다가 맛본 찐득한 마카롱, 보르도 시내에서 만난 카늘레Cannelé는 먹어도 먹어도 자꾸만 손이 갔다.

와인 여행은 계절마다 다른 모습으로 다가왔다. 싹눈이 오르고 냉해를 견뎌낸 잎이 나와 파릇한 봄에는 포도밭보다 와인 시음 위주로 여행을 다녔다. 6월, 꽃이 피기 시작하면 그때부터 수확 때까지 농부는 햇가지를 묶고 너무 커진 가지는 잘라내고 잎을 정리하는 등 일손이 바빠진다. 이 무렵 와이너리를 방문하면 포도밭으로 나가 산책하는 재미도 느낄 수 있다.

알알이 영근 포도알이 굵어지고 색이 변하는 '베레종véraison' 시기를 거쳐 당도가 충분히 올라오면 포도를 수확하게 된다. 이 시기에는 포도밭에서 멋진 풍경이 펼쳐진다. 우리 프렌치 레스토

랑의 이름 베레종도 포도알처럼 성숙하고 변화하자는 의미에 착안하여 만든 것이다.

포도밭 이랑마다 고개를 숙이고 포도를 수확하는 사람, 등에 바구니를 메고 땀 흘리며 포도를 나르는 사람, 노르스름하고 붉게 물든 탐스러운 수확물을 저울에 재고 기뻐하는 사람 등…. 나는 지나다 그런 모습을 보면 덩달아 좋아했고 그들을 기억하기 위해 열심히 사진을 찍었다.

와인 생산자들에게 가장 바쁜 수확 시기, 그리고 포도 선별 작업을 거쳐 압착하고 발효, 숙성시키는 일련의 과정은 고도의 집중을 요한다. 그래서 때로는 방문 자체가 조심스럽지만, 와인 관계자로서 방문이 허락되면 매우 즐겁고 감동적인 경험을 하게 된다.

　노랗게 물든 잎이 떨어지고 붉은 줄기에 메마른 포도알만 간간이 달려 있는 늦가을과 겨울이면 와이너리의 숨은 이야기도 들을 수 있다. 장작이 타는 벽난로 앞에 앉아 와인 생산자들의 노고로 빚어진 잘 숙성된 와인을 즐기면서….

　포도밭의 월동 준비는 고랑 흙을 이불 덮듯이 나무 아래로 모아주는 뷔타주buttage로 시작된다. 그러고 나서 와이너리 주인은 실내에서 하는 작업을 이어간다. 이제 포도나무가 휴지기로 들어가면 농부는 잠시 손을 내려놓고 셀러 안을 관리하면서 1년을 돌아보게 된다.

아페리티프로 마시는
키르

　"상테^{Santé}!" 하며 작은 거품이 잘게 부서지는 스파클링 와인으로 아페리티프 잔을 부딪쳐 본다. 프랑스에서는 아페리티프, 즉 식전주로 샴페인처럼 기포가 있는 와인을 마시기도 하지만 가장 대중적인 아페리티프는 '키르^{Kir}'가 아닐까 싶다. 처음 마셔보는 사람도 이 붉고 달콤한 맛에 기분이 좋아진다.

　귀국하여 와인 웹사이트 회사에서 일할 때 프랑스의 크렘 드 카시스^{Crème de cassis}사와 인연이 닿아 시음 행사를 마련했다. 그 회사에서 크렘 드 카시스를 이용한 와인 칵테일을 소개해 달라고 요청했던 것이다. 참석자들은 샴페인, 화이트 와인, 레드 와인으로 블렌딩한 키르를 맛보고 그 새로운 맛에 큰 관심을 보였다. 프랑스에서는 대중적인 아페리티프이지만 국내에서는 아직 낯선 알코올음료였기 때문이다.

　크렘 드 카시스는 카시스(블랙커런트) 열매로 만든, 16~20도 정도 되는 단맛의 리큐어(혼성주)이다. 크렘 드 카시스를 널리 알린 사람은 전 디종Dijon 시장인 펠릭스 키르로, 그는 가스통 제라르(닭고기 요리명에 이름을 올린)와 더불어 프랑스 요리 역사에 이름을 남겼다.

2차 세계대전이 끝나고 경기가 무척 어려워지자 키르 시장은 시정 살림을 절약하기 위해서 새로운 칵테일을 고안해 냈다. 큰 공식 행사의 오프닝에 샴페인을 마시던 관례를 깨고 디종의 특산물인 크렘 드 카시스와 부르고뉴 지역의 알리고테Aligoté 품종으로 만든 화이트 와인을 혼합한 칵테일을 마시도록 한 것이다. 알리고테는 부르고뉴 지역에서 샤르도네 다음으로 많이 재배되는 화이트 와인 품종으로, 산도가 높고 미네랄이 풍부하다. 이러한 알리고테와 크렘 드 카시스의 결합은 큰 인기를 얻게 되었다.

이렇게 전 디종 시장의 이름에서 유래한 키르는 식전주로서는 단맛이 있는 편이다. 달콤한 맛에 유혹되어 식사주처럼 첨잔해 마시는 것은 피해야 한다. 곁들여 먹는 아뮈즈부슈로는 부르고뉴의 식전 빵 구제르나 달팽이 요리가 잘 어울린다.

키르는 부르고뉴의 전통적인 아페리티프답게 다양한 버전이 있다. 스파클링 와인과 섞어 마시기도 하는데 화이트 와인 대신 샴페인(또는 크레망)과 혼합하면 '키르 로열'이라 부르고, 크렘 드 카시스를 레드 와인과 블렌딩하면 가톨릭 추기경의 옷을 연상시킨다고 하여 '키르 카디널^{Kir cardinal}'이라고 부른다.

　프랑스의 레스토랑이나 비스트로를 방문했을 때 와인 없이 식사만 하고 나온다면 아쉬움이 남을 것이다. 물론 매 코스마다 식전주, 식사주로 각각 화이트, 레드, 디저트 와인까지 마리아주 ^{mariage}를 맞추는 사람도 있지만, 가볍게 식전주 키르 한 잔과 주요리에 맞춘 레드 와인 한 잔만 곁들여도 기분 좋은 식사가 될 수 있다.

　키르는 프랑스에 가면 알코올음료 메뉴판에서 항상 만날 수 있다. 여행 중 혹시나 호기심이 발동해 키르를 마시고 싶어지면, 서빙 직원이 다가와 식전주를 물을 때 (메뉴판 한 번 쓱 보고) 자신 있게 한 잔 주문해 보길.

Kir

키르

크렘 드 카시스
차가운 알리고테 와인(또는 지역의 화이트
와인)

1 크렘과 와인의 비율은 1:3 또는 1:5로 기호에 맞게 섞으면 된다.

2 길고 가는 스파클링 와인 잔이나 화이트 와인 잔에 크렘 드 카시스를 먼저 1/3(또는 1/5) 정도 붓는다.

3 그 위에 차가운 화이트 와인을 2/3(또는 4/5)만큼 따르고 잘 섞는다.

따뜻한 와인의
향기

　이국의 긴긴 겨울은 더디게 지나는 것만 같았다. 주중에 바삐 지내고 주말이면 가끔 아이를 데리고 밖으로 나갔다. 그르노블은 동계올림픽을 개최했던 도시답게 근방에 겨울 스포츠를 즐길 수 있는 곳이 많다. 아이와 함께 스키 또는 썰매를 타다 보면 손발이 시리고 코끝이 얼얼했다. 그럴 때 속을 데워줄 따뜻한 음료 한 잔이 간절하다. 아이는 보온병에 담아온 따뜻한 코코아를 주면 환하게 웃고, 우리 부부는 향신료와 과일 향이 듬뿍 들어간 '뱅쇼Vin chaud'를 마신다. 언 손을 녹여가며 마시는 따끈한 와인은 유난히 겨울에 빛을 보는, 어른만을 위한 핫 음료이다.

　이사 간 두 번째 집의 거실 바닥은 난방이 전혀 안 되는 차가운 대리석이었다. 큰 카펫을 두 장 깔아 냉기를 차단해도 난방시설이라곤 벽에 달린 작고 얇은 라디에이터뿐이어서 추운 겨울이 오면 어른, 아이 할 것 없이 힘들었다. 프랑스인들은 그 추운 겨울을 어찌 견디나 싶었다. 몇 안 되는 유학생들 집의 어린 자녀들도 자주 코감기에 걸려 훌쩍댔다. 우리는 두툼한 양말 위에 털신까지 신고 수시로 따뜻한 물을 마시며 겨울을 났다.

추위를 잘 타는 남편은 주로 집 안에서 음악을 들으며 뜨거운 음료를 찾아 마셨다. 몸이 으슬으슬 한기를 느끼면 생강차를 마셨고, 때로는 와인에 계피, 오렌지, 정향, 팔각을 넣고 끓인 따끈한 뱅쇼를 마시기도 했다.

겨울 여행을 하며 프랑스 곳곳에서 뱅쇼를 만났다. 샴페인의 도시, 랭스Reims의 기차역 건너편 광장에서는 뱅쇼뿐만 아니라 오렌지주스도 따뜻하게 데워 팔고 있었다. 중간중간 들어선 천막 안에서는 김이 모락모락 피어오르고, 사람들이 좁은 공간에 서서 따뜻한 음료를 한 잔씩 즐겼다.

브장송Besançon의 빅토르 위고 생가를 방문하러 가던 중에도 뱅쇼와 마주쳤다. 생피에르 성당 앞 광장에서 큰 솥단지를 걸어놓고 뱅쇼를 끓이고 있었던 것이다. 그 곁을 걸어가자 김이 모락모락 나는 뱅쇼에서 향신료 향이 퍼져 나와 기분이 좋아졌다.

매년 11월 셋째 일요일 부르고뉴의 본Beaune에서는 전 세계인의 이목이 집중되는 와인 경매 행사가 열린다. 이 기간 동안 본 시내는 축제 분위기로 가득하다. 부르고뉴 지역 음식들도 총출동하여, 본 골목 어디를 가나 맛있는 음식과 함께 한 잔에 2~3유로 하는 뱅쇼를 맛볼 수 있다. 각 가게마다 와인과 향신료 비율이 달라 맛은 조금씩 차이 나지만, 몇 발짝만 걸으면 나타나는 뱅쇼 솥단지가 부르고뉴의 겨울철 명물임은 분명하다. 뱅쇼가 들어 있는 통 위에 정향을 촘촘히 박은 레몬 장식이 걸려 있는 모습도 인상적이었다. 아무리 두꺼운 옷을 겹쳐 입어도 추위를 달래는 데 따뜻한 뱅쇼만 한 게 없는지 저마다 한 잔씩 쥐고 있었다.

뱅쇼의 뱅vin은 '와인'이고 쇼chaud는 '따끈한, 뜨거운'이라는 뜻이다. 화이트 와인으로 만든 뱅쇼는 새콤한 맛이 강하고, 레드 와인으로 만든 뱅쇼는 탄닌이 섞인 달콤한 맛이다.

뱅쇼는 레드 또는 화이트 와인에 오렌지, 레몬, 향신료를 넣고 끓이면 된다. 그렇지만 계속 펄펄 끓이지 말고 한바탕 끓어오르면 불을 끄거나 낮은 온도로 놓는다. 오랫동안 끓여 향신료가 너무 우러나면 쓴맛이 나기 때문이다. 향신료의 맛과 향이 적당히 우러나길 기다린 후 머그잔에 담아 따뜻할 때 마신다.

Vin chaud

뱅쇼

레드 와인 1리터
설탕 70g
오렌지 3개(2개 즙[주스]+1개 슬라이스)
팔각 2개
정향 2~3개
계피 스틱 3개(작은 것)
장식용 계피 스틱 몇 개

1 오렌지는 뜨거운 물에 담갔다가 소금으로 껍질을 박박 문질러준다. 2개는 껍질(흰 부분 제외)만 벗겨 따로 모아놓고, 즙을 짜 놓는다. 1개는 동그랗고(또는 반달 모양으로) 얇게 슬라이스한다.

2 냄비에 레드 와인을 붓고 설탕, 오렌지즙을 넣어 끓인다. 불을 끈다. 오렌지 껍질 벗긴 것과 정향, 팔각, 계피 스틱을 냄비에 모두 첨가한다.

3 15분 정도 맛과 향이 우러나도록 두었다가 불 위에 다시 냄비를 올려 끓인다. 푸르르 끓으면 불에서 내린다.

4 머그잔에 오렌지 슬라이스한 것을 하나씩 담고 뱅쇼를 적당히 붓는다. 장식용 계피 스틱을 꽂는다. 따뜻할 때 계피 스틱을 저으면서 마신다.

나의 달콤한
첫 디저트

프랑스에 처음 둥지를 튼 뒤 거의 일주일에 한 번씩 장을 보았다. 일주일치 식량 중 마른 재료는 주방 옆에 딸린 작은 찬장에 넣어두고 비워지면 다시 장을 보곤 했다.

어느 날 우연히 밀가루 겉봉투에 작은 쿠폰이 붙어 있는 걸 발견했다. 쿠폰을 잘라 보내면 선물을 준다고 쓰여 있었다. 갑자기 호기심이 발동, 지시대로 응모했더니 정말로 며칠 후에 작은 소포가 도착했다. 선물은 요리 레시피가 들어 있는 비디오테이프 두 개였다. 예기치 못한 행운의 서프라이즈였다. 그중 눈에 들어오는 디저트가 '대리석 무늬 초콜릿 케이크'인 가토 마르브레 Gâteau marbré au chocolat였다. 우리나라 빵집에서는 주로 마블 케이크라고 부른다.

따라 하기 쉬워 보여서 그다음 날로 빵틀을 사 갖고 왔으며, 주방 조리대에 '행운의 밀가루'를 여기저기 뿌렸다. 비디오 영상대로 따라 만든 뒤 작은 오븐에 넣고 가만히 들여다보니 빵이 봉긋하게 부풀어 올랐다.

오븐에서 꺼내자마자 그 맛이 궁금해 빵이 식기도 전에 조금 잘라 먹어보니 괜찮았다. 이후 마트에 가면 내내 그 밀가루만 사서 비디오 조리법대로 타르트와 빵 등을 만들었다. 그때 받은 비디오테이프는 나의 첫 요리 선생님이었기에, 지금도 버리지 못하고 책장에 소장용으로 꽂아두었다.

마블 케이크는 빵 단면이 얼룩무늬이다 보니 아이와 함께 공작 놀이를 하듯 만들어도 좋다. 장난 삼아 거품 낸 흰자를 아이 코에 살짝 묻혀주기도 하고, 아이에게 믹싱 볼을 돌려달라고 부탁하면 신이 나서 놀이하듯 도와준다.

우리 집 작은아이는 어려서부터 주방에서 일하는 내 옆으로 와 식재료에 관심을 보이더니 조금씩 요리와 친해졌다. 그러면서 재료를 섞고, 허브를 다듬고, 설거지를 도와주었다. 어느새 그 아이가 다 커서 요리도, 와인도 나와 함께하고 있다.

부드럽고 촉촉한 마블 케이크를 지인에게 선물로 줄 때는 빵 위에 하얀 슈거파우더를 톡톡 뿌리면 훨씬 더 멋져 보인다.

Gâteau marbré au chocolat

가토 마르브레

박력밀가루 120g   설탕 100g   베이킹파우더 7g
달걀 5개   다크 초콜릿 150g   슈거파우더 약간(장식용)
버터 120g   바닐라 에센스 2~3방울   밀가루 약간

1   오븐은 180도로 예열한다. 달걀은 흰자, 노른자를 분리해 놓는다. 초콜릿은 중탕해
    서 녹인다.

2   믹싱 볼에 달걀노른자와 설탕을 넣고 거품기로 잘 섞어 크림처럼 만든다. 이어서 녹
    인 버터를 넣고, 체 친 박력밀가루와 베이킹파우더도 넣어 골고루 잘 섞어준다.

3   〈2번〉을 볼 2개에 반씩 나눠놓는다. 하나에는 바닐라 에센스를 첨가하고, 하나에는
    중탕으로 녹인 초콜릿을 첨가한다. 달걀흰자는 단단하게 휘핑해 놓은 후 양쪽 반죽
    에 1/2씩 나눠서 흰자가 깨지지 않도록 살살 합친다.

4   오븐에 들어갈 시폰케이크 틀 또는 파운드케이크 틀을 준비한다. 틀 안쪽에 버터를
    바르고 밀가루를 뿌려준다. 번갈아 가며 한 번은 바닐라 반죽, 한 번은 초콜릿 반죽
    을 틀에 넣는다.

5   오븐에 넣고 40분 정도 굽는다. 꼬치로 찔러서 소스가 묻어나지 않으면 꺼낸다. 식
    힌 후 틀에서 뺀다. 슈거파우더를 뿌린다.

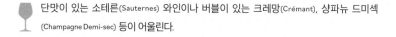
단맛이 있는 소테른(Sauternes) 와인이나 버블이 있는 크레망(Crémant), 샹파뉴 드미섹
(Champagne Demi-sec) 등이 어울린다.

프로방스에서 만난
세잔과 아몬드

남프랑스로 향하는 길에는 포도나무 못지않게 올리브나무와 아몬드나무가 많이 심어져 있다.

'지중해의 나무'라 불리는 올리브나무는 강수량이 적고 일조량이 풍부한 프로방스 지역에서 잘 자란다. 프랑스의 올리브 생산량은 유럽연합 회원국 가운데 이탈리아, 스페인 다음이다.

늦가을 희끗희끗하고 뾰족한 잎들 사이로 보이는 올리브를 손으로 꾹 누르면 기름이 묻어나지만 과육은 아직 떫어서 바로 먹지 못한다. 겨울쯤 방문하면 수확하는 광경을 볼 수 있다. 길을 지나다가 드르륵 털어내는 기계 소리와 함께 올리브 열매가 나무 아래로 우수수 떨어지는 게 신기해서 걸음을 멈추고 구경하기도 했다.

짭짤하고 고소한 프로방스산 올리브는 훌륭한 아뮈즈부슈가 되며, 나뭇잎 모양의 납작한 빵 푸가스^{Fougasse} 하나만 더해도 와인을 부른다.

프로방스 지역은 로제 와인을 많이 생산하고 있다. 적포도 품종으로 만든 로제 와인은 양조 방식에 따라 색깔 스펙트럼이 넓으며, 와인 병의 다양한 실루엣도 시선을 끈다. 뜨거운 여름, 좁은 골목에서 사람들 사이를 휘저으며 관광을 하다 보면 더위에 지쳐버린다. 그럴 때는 잠깐이라도 쉬며 차가운 로제 와인을 마셔야 일정을 이어갈 수 있다.

어느 5월, 방돌Bandol, 카시스Cassis, 엑상프로방스Aix-en-Provence의 포도밭은 아직 여리고 푸르른 잎들이 바람에 흔들리고 있었다. 이맘때쯤 매섭게 부는 미스트랄[26] 때문에 포도밭 옆 아몬드나무도 사정없이 흔들려, 채 익기 전인 푸릇한 아몬드가 굵은 자갈 바닥에 나뒹굴었다.

프로방스의 봄은 아몬드 꽃과 함께 온다고 했던가. 반 고흐의 그림에서 본 아몬드 꽃은 벌써 지고 없었다. 아몬드나무는 이곳 포도나무와 비교해 수적으로 많지는 않지만 점점 늘어나는 추세라고 한다. 이 지역에 오면 아몬드를 쉽게 먹거리로 만날 수 있고 귀국 선물로 챙겨갈 수도 있어 좋다.

폴 세잔이 수없이 그린 고향의 산, 프로방스의 생트빅투아르Sainte-Victoire 산은 멀리서 보면 풀 한 포기 없는 하얀 바위산처럼

보인다. 그 산 아래 작은 식당에 점심을 예약해 찾아가는데, 길 옆에서 붉은 개양귀비 꽃들이 춤을 추고 있었다. 사실 개양귀비 꽃은 프랑스 어디서나 흔히 볼 수 있지만, 세찬 바람에도 꺾이지 않고 어마어마한 군락을 형성해 흐드러지게 피어 있는 광경은 끝없는 감탄사를 자아냈다. '아름답다', '멋지다'라는 말만 연거푸 내뱉다가 끝내 차에서 내려 꽃과 한바탕 노닐고 나서야 식당으로 향했다.

그 식당은 생트빅투아르 산에 병풍처럼 빙 둘러싸여 아늑한 느낌이 들었다. 양고기와 로제 와인도 맛있었지만, 앞서 자연이 준 감흥을 따라가지는 못했다.

세잔은 여름이면 늘 고향 엑상프로방스에 머물렀고 생트빅투아르 산 근처의 작은 오두막(카바농)에서 자연과 함께하며 그림을 그렸다. 오두막은 무거운 화구나 이젤을 놓아두는 공간으로 활용되었는데 전기와 가스 시설도 없었으며, 근처에 있는 아틀리에도 주방 시설이 형편없이 작았다고 한다.

세잔은 오직 그림에만 몰두하느라 식사를 직접 만들지는 못했어도 올리브와 올리브오일만큼은 무제한으로 즐겨 먹었다. 그래서 프로방스의 대표 요리인 소고기 스튜, 도브 드 뵈프Daube de boeuf를 먹을 때도 올리브를 넉넉히 넣었다고 한다.

한나절 내내 가는 곳마다 거센 바람과 동행한 뒤 아비뇽 시내로 들어섰다. 골목에 있는 당과류 전문점 콩피즈리confiserie에서 '아몬드 비스킷Biscuits aux amandes'을 만나자 나도 모르게 선뜻 지갑을 열고 말았다. 선물용 비스킷을 사고, 저녁에 후식으로 먹을 것까지 열심히 담으면서 괜히 '프로방스의 바람, 미스트랄 때문에 사는 거야'라고 핑계를 댔다.

몇 년 동안 서울에서 쿠킹 클래스를 진행할 때 디저트 와인과 같이 먹을 아몬드 비스킷을 만든 적이 있다. 아몬드를 좋아해서 반죽에 정량보다 더 넉넉히 넣곤 했는데, 이런 나보다 아몬드를 훨씬 더 많이 넣은 이도 있었다. 언젠가 비디오로 보니, 세잔의 아틀리에와 오두막을 관리하는 사람이 만든 아몬드 비스킷이 바로 그랬던 것이다.

비스킷, 즉 프랑스어로 비스퀴^{biscuit}란 단어에는 '두 번 굽는다' 는 의미가 들어 있다. 오랜만에 작은아이랑 비스킷을 구우며 세잔의 아틀리에를 방문했던 기억을 더듬어본다. 내가 반죽을 만들어 오븐에서 한 번 구워 내고, 작은아이가 그 따뜻한 비스킷을 아몬드의 간격을 맞춰 자른 뒤 다시 한번 오븐에서 노릇하게 구우면 제대로 비스퀴가 된다.

아몬드 비스킷

박력밀가루 500g
설탕 200g
버터 100g(실온)
통아몬드 150g

호두 50g(선택)
달걀 5개
레몬 제스트 1개분
베이킹파우더 5g

바닐라 에센스 2방울
소금 약간
밀가루 약간

1   오븐은 180도로 예열한다. 큰 볼에 박력밀가루, 베이킹파우더, 소금을 넣고 한꺼번에 잘 섞는다.

2   다른 샐러드 볼에 버터를 크림 상태로 만든 다음 설탕을 넣고 잘 섞는다. 달걀을 하나씩 넣고 골고루 잘 섞어준다. 바닐라 에센스를 넣는다.

3   액체 반죽에 〈1번〉의 가루 재료를 나눠서 섞어준다. 스패출러(spatula)로 반죽을 잘 섞은 다음 레몬 제스트, 통아몬드, 호두(2~3등분한)를 넣고 섞어서 덩어리를 만든다.

4   반죽을 4등분한다. 반죽이 붙으면 밀가루를 묻혀서 4개의 반죽을 막대기 형태로 성형한다. 베이킹 팬에 유산지를 깔고 반죽을 길게 놓은 다음 오븐에 넣고 굽는다.

5   20~25분간 구운 뒤 꺼낸다. 부드러운 상태에서 1~1.5cm 크기로 잘라서 베이킹 팬에 평평히 뉘어놓는다. 다시 오븐에 넣고 노릇하게 15~20분 정도 더 굽는다.

6   중간에 색깔을 확인하고 뒤집어서 굽는다. 오븐에서 꺼내 식힘 망 위에서 식혀준다.

 단맛이 있는 막뱅(Macvin), 바뉠스(Banyuls) 와인이나 스파클링 와인인 크레망(Crémant), 샹파뉴(Champagne), 페티앙(Pétillant) 등을 곁들여 보길.

여름을 알리는 전령사,
체리

　내게 여름을 알리는 전령사는 체리(스리즈)이다. 프랑스에서는 주택 정원에서도, 농가 어귀에서도 쉽게 체리나무를 볼 수 있다. 나무에 주렁주렁 달린 빨간 열매가 바람 따라 흔들거리면 나는 시장으로 맞이하러 간다. 체리는 품종에 따라 이르게는 5월부터 7월까지 제철이다.

　주말 노천시장에서는 체리처럼 붉은 티셔츠를 입은 아저씨가 "1킬로에 6유로!"라고 외치는 소리가 들려온다. 어느새 체리 판매대에 코를 박고 있는 내 얼굴에 체리빛이 반사되어 온통 붉은 칠을 한 듯하다.

　단독 주택에서 살던 프랑스 지인들은 과실수로 체리나무를 많이 심었다. 친구 로린다의 새 시골집에도 아름드리 체리나무가 여러 그루 있었다. 입고 간 밝은색 옷이 온통 붉게 물들 정도로 체리를 따 와서는 물리게 먹기도 했다. 또한 부르고뉴의 본에 사는 지인도 넓은 정원에 있는 열매 가득한 체리나무와 직접 구운 '체리 클라푸티Clafoutis aux cerises' 사진을 보내와 자랑한다.

남프랑스의 세레Céret에서는 해마다 처음 수확한 체리를 상자에 담아 삼색(프랑스 국기색) 리본을 두른 뒤 페르피냥 공항과 오를리 공항을 통해 대통령의 관저인 엘리제궁으로 보낸다. 1932년부터 쭉 이어져 온 전통이라고 한다.

프랑스 남서부에 위치한 리무쟁Limousin 지역의 전통 디저트인 클라푸티는 파이의 일종으로, 검붉은 체리를 듬뿍 넣어 만든다. 예전에는 체리의 씨를 제거하지 않고 그대로 넣었는데 지금은 취향에 따라 만들어 먹는다. 씨를 제거하지 않으면 소스가 물들지 않고 맑으며 오븐에 익힌 체리를 씹었을 때 즙과 단맛이 풍부하다. 그 반면 씨를 빼고 만든 경우에는 먹을 때마다 씨를 뱉을 필요가 없으므로 아이들도 편하게 먹을 수 있다.

생生체리는 정열적인 붉은 빛깔이 화려하지만 구워서 디저트로 나온 모습은 매우 소박해 보인다. 오븐에서 노릇하게 구워진 클라푸티를 꺼내면 한바탕 봉긋하게 봉우리가 만들어졌다 꺼진다. 알알이 박힌 체리의 붉은색에 군침이 돈다. 오물오물 입 안에서 씨를 빼며 먹는 재미도 있다. 체리 철이 지나면 살구, 사과, 배, 그리고 여러 종류의 붉은 베리를 클라푸티에 채워 만들면 된다. 클라푸티는 주로 차갑게 먹거나 실온으로 먹는데 쫄깃한 맛이 별미이다.

체리 클라푸티를 보면 저절로 장 바티스트 클레망이 작사한 〈체리의 계절Le temps des cerises〉이란 샹송이 떠오른다. 멜로디는 감미롭지만, 노래 가사는 나폴레옹 3세 때의 무거운 정치 상황과 사랑을 담고 있어 핏빛 같은 체리의 붉은색을 되새기게 한다.

프랑스에서 큰아이랑 같이 본 미야자키 하야오 감독의 애니메이션 〈붉은 돼지Porco Rosso〉에도 이 노래가 나온다. 등장인물 지나의 부드럽고 낭랑한 목소리를 들으면, 여름날에 먹은 클라푸티의 부드러운 맛이 떠오른다.

"체리의 계절이 오면, 즐거운 꾀꼬리와 빈정꾼 티티새도 모두가 축제라네~."

비음 섞인 그녀의 노랫소리를 따라 흥얼거려 본다.

Clafoutis aux cerises

체리 클라푸티

체리(씨를 빼도 됨) 450~500g
중력밀가루 120g
달걀 4개
설탕 100(80+20)g
우유 150ml
생크림 150ml
소금 약간
바닐라 에센스 2방울
버터 약간
슈거파우더 약간

1　체리는 씻어서 물기를 제거하고, 설탕 20g을 버무려놓는다.

2　큰 샐러드 볼에 가루 재료(밀가루, 설탕, 소금)를 섞어놓고 달걀, 우유, 생크림, 바닐라 에센스를 첨가한 다음 멍울이 지지 않게 잘 풀어 매끈한 소스를 만든다.

3　오븐용 그릇에 버터를 바르고 체리를 골고루 담은 뒤 소스를 붓는다. 180도로 예열된 오븐에 넣고 45분 정도 굽는다. 오븐에서 꺼내 식힌 후에 자른다. 슈거파우더를 곱게 뿌린다.

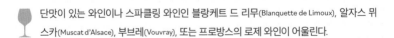

단맛이 있는 와인이나 스파클링 와인인 블랑케트 드 리무(Blanquette de Limoux), 알자스 뮈스카(Muscat d'Alsace), 부브레(Vouvray), 또는 프로방스의 로제 와인이 어울린다.

오븐 없이 간단히 만드는
디저트

한여름 무더위에 지쳐 주방에서 오븐 켜는 일도 망설여지고, 꾀를 부리고 싶을 때가 있다. 이런 여름에 특히 어울리는 디저트라면 바로 '무스mousse'가 아닐까. 냉장고에서 차가운 무스를 꺼내 먹는 상상을 하며 오븐 없이 디저트를 만들어보자. 차갑고 달콤한 디저트를 먹을 때만큼은 행복할 테니.

무스 오 쇼콜라Mousse au chocolat, 즉 '초콜릿 무스'는 미니멈 재료인 다크 초콜릿, 달걀, 버터만으로 휘리릭 준비해서 냉장고에 넣으면 끝이다. 다만 흰자 거품을 단단하게 휘핑해서 초콜릿과 섞을 때 흰자가 깨지지 않도록 살살 다루는 수고로움은 있다.

무스가 차가워지면 숟가락으로 아이스크림처럼 퍼 먹는다. 숟가락으로 푹 퍼낸 무스 속에 수많은 작은 공기구멍이 보인다. 무스를 한입 가득 물면 금방 사라지는 거품을 먹은 듯 부드러운 맛이 입 안을 채운다. 이런 맛 때문에 더운 날에도 디저트를 만드는 데 작은 공을 들이는 것이다.

　프랑스 마트의 디저트 코너에 가보면 초콜릿이나 바닐라, 우유 등으로 만든 무스, 플랑, 크렘 등이 차지하는 비중이 꽤 크다. 무스를 사랑하는 사람들이 꼭 어린아이만은 아니다. 달콤한 유혹에는 남녀노소 구분이 없으니까.

　초콜릿 무스는 익히지 않기 때문에 신선한 달걀을 고르는 것이 중요하다. 그런데 달걀을 사용하다 보면 달걀 표면에 쓰여 있는 숫자가 궁금해진다. 숫자 중 맨 마지막 숫자는 닭을 사육하는 환경에 따라 매겨지는 번호이다. 1부터 4까지 표기하는데 사육 환경이 케이지 프리^{cage free}, 즉 닭을 가두지 않고 자유 방사한 달걀은 1번이고 축사 내 방사는 2번, 개선 케이지는 3번, 그리고 협소한 케이지에서 나온 달걀은 4번으로 기입한다.

　레스토랑에서 무스 오 쇼콜라를 주문하면 그 양이 너무 많아서 깜짝 놀라곤 한다. 두세 명이 먹어도 될 만큼 넉넉한 양이다. 흔히 디저트 먹는 배는 따로 있다지만, 결국 다 먹지 못하는 경우가 태반이다. 물론 초콜릿 무스는 항상 맛있고 실망시키는 법이 없다.

　식당을 나올 때 직원에게 겸연쩍어하며 구차한 변명을 남긴다.
　"정말 맛있는데 양이 너무 많아요."

Mousse au chocolat

무스 오 쇼콜라

다크 초콜릿 200g
달걀흰자 7개
달걀노른자 3개
버터 50g
오렌지즙 2큰술
소금 약간

1   잘게 부순 초콜릿과 버터를 냄비에 넣고 중탕으로 녹인다.

2   달걀은 흰자, 노른자를 분리해서 달걀흰자는 소금을 약간 넣고 거품기로 단단하게
    휘핑한다.

3   녹인 초콜릿은 큰 볼에 담아 열기가 가시면 달걀노른자를 섞고 오렌지즙도 첨가하
    여 골고루 잘 섞는다.

4   거품 낸 흰자를 3~4회에 나누어 〈3번〉의 초콜릿 소스에 넣고 거품이 깨지지 않게
    살살 섞어준다. 서빙할 유리 볼이나 커피 잔에 나누어 담는다.

5   냉장고에 넣고 차가워지면 꺼낸다. 민트 잎이나 계절에 나오는 작은 베리 종류(블루
    베리, 산딸기 등)의 과일을 올려도 좋다.

 바뉠스(Banyuls), 샹파뉴 드미섹(Champagne Demi-sec), 알자스 뮈스카(Muscat d'Alsace) 등과 함
께.

북서부 브르타뉴 지역의
디저트

    프랑스 TV에서 본 몇몇 광고가 기억난다. 고요한 숲속에서 한 꼬마가 나뭇가지를 비벼 불을 만들어 소시지를 굽는 모습, 주근깨 가득한 마드무아젤이 자두의 본고장 아쟁^{Agen}산 건자두를 먹으며 화면 앞으로 다가오는 장면 등.

    시간이 많이 지났어도 제법 또렷하게 떠오르는 건 왜일까. 아마도 우리 큰아이 또래 모델이 나와 소시지를 먹고, 내가 좋아하는 자두가 등장했기 때문인가 보다.

    건자두는 그냥 먹기도 하지만 디저트뿐만 아니라 전채요리나 고기 요리에도 쓰인다. 식전주에 곁들인 달콤하고 짭짤한 '쉬크레살레^{sucré-salé}' 요리로 건자두말이를 하고, 고기 속에 건자두를 넣으면 설탕을 넣지 않아도 감칠맛이 나므로 주방에서 매우 유용했다.

    프랑스 남서부 아쟁의 건자두는 멀리 북부 브르타뉴^{Bretagne} 지역까지 올라가 우유와 만나, 디저트인 파르 브르통 오 프뤼노 Far breton aux pruneaux, 즉 '건자두 플랑'이 되었다. 파르far는 라틴어로 '밀, 밀가루, 곡물'이라는 뜻이고 브르통breton은 '브르타뉴'의 형용사이다. 사실 그전까지는 건자두 없이 밀가루와 우유 등만 넣고 파르 브르통을 만들었다.

전해지는 이야기에 따르면, 당시에 브르타뉴 뱃사람들이 북쪽 아이슬란드로 대구를 잡으러 나갈 때 갖고 갈 저장 식량이 필요했다고 한다. 몇 개월 동안 고향을 떠나 바다에 있으려니 아쟁 지역의 건자두처럼 오래 보관할 수 있는 식재료를 챙겨가서 먹었던 것이다.

뱃사람들은 잡아온 염장 대구를 아쟁의 건자두와 맞교환했다. 뱃사람들에게 건자두는 훌륭한 에너지원이자 부족한 비타민, 섬유질을 보충해 주는 영양 공급원이었다. 이 덕분에 남서부 아쟁 사람들은 염장 대구를, 북부 브르타뉴 사람들은 건자두가 들어간 새로운 파르 브르통을 얻게 된 것이다. 이것이 보르도 인근 지역에서 대구 요리가 흔해진 이유이기도 하다.

브르타뉴산 밀과 품질 좋은 우유로 만든 디저트 '파르 브르통'은 차갑게 먹으면 식감이 부드러워 마치 찰진 떡 같다. 중간에 씹히는 건자두의 단맛도 일품이다. 제과점이나 식당에서 선보이는 디저트 중의 하나로, 브르타뉴를 비롯하여 프랑스 일반 가정에서도 자주 만들어 먹는 플랑^{flan}이다. 과일을 첨가하지 않은 플랑 나튀르를 좋아하는 사람도 있지만, 재료의 다양함이나 변화를 즐기는 사람들은 건자두나 사과 등을 추가해서 만든다.

건자두 플랑

중력밀가루 150g
흰 설탕 100g
우유 500ml
달걀 4개
바닐라 설탕(또는 바닐라 에센스) 약간
건자두(씨를 뺀) 300g
버터 20g
미지근한 물과 럼 약간
소금 약간
슈거파우더 약간(장식용)

1   건자두는 럼을 섞은 물에 30분 정도 담가놓는다. 오븐은 190도로 예열해 놓는다.

2   큰 샐러드 볼에 밀가루, 소금, 흰 설탕과 바닐라 설탕을 넣고 잘 섞는다. 달걀과 미지
     근한 우유를 첨가하고 멍울이 지지 않도록 잘 섞어준다.

3   담가놓았던 건자두는 꺼내 물기를 제거하고, 〈2번〉 반죽 속에 넣거나 그라탱 그릇
     바닥에 직접 놓아도 된다.

4   오븐용 그라탱 그릇을 준비하고 벽면과 바닥에 버터를 넉넉히 발라준다. 반죽을 붓
     고 건자두가 골고루 가도록 정리한다.

5   오븐에 넣고 50분 정도 구운 뒤 꼬치로 찔러 익었는지 확인한다.

6   꺼내어 식힌 다음에 자른다. 부푼 플랑이 좀 꺼지기도 한다. 슈거파우더를 뿌린 후
     낸다.

단맛이 있는 샹파뉴 드미섹(Champagne Demi-sec)이나 사과주 시드르(Cidre)를 함께 곁들여
보길.

과일 타르트의
대명사

로린다는 우리 윗집에 살던 친구로, 그녀의 부모님은 포르투갈에서 프랑스로 이민을 오셨다. 또 언니는 그르노블 시내에서 좀 떨어진 작은 마을에서 제과점을 한다고 했다. 그래서 그런지 로린다의 집에서 오후 티타임을 가지면 제과점에서 사 온 듯 예쁜 '사과 타르트^{Tarte aux pommes}'가 나왔다.

로린다의 사과 타르트는 크림소스 위로 노릇하게 구워진 사과가 살짝 보인다. 보름달처럼 둥그런 타르트를 만들어 내놓을 때마다 맛있어서 항상 칭찬을 했다. 입 안에서 어우러지는 달콤한 크림소스와 구운 사과 향이 일반 사과 타르트와는 달랐다. 어느 날 그녀가 내 마음을 읽었는지 레시피를 알려주었다.

그 이후 로린다가 차를 마시러 우리 집에 놀러 온 날에 맞춰 사과 타르트를 선보이니, 맛있다고 하면서 설탕 분량을 물어봤다. 원래 레시피에서 바꾼 것이 있다면 설탕 양을 조금 줄이고 사과 품종을 다르게 한 점이었다.

로린다 자매의 타르트는 귀국 후 내가 아파트 단지 내에서 주부 대상으로 쿠킹 클래스를 할 때 좋은 반응을 얻었다. 게다가 우연한 기회에 모 요리 잡지사 개최 제과·제빵 대회에 나가 사과 타르트로 입상을 하기도 했다. 그때 부상으로 받은 제빵기와 믹싱 볼은 훗날 프렌치 레스토랑을 오픈했을 때 참 요긴하게 사용했다.

사과는 프랑스인들이 가장 많이 소비하고 즐겨 먹는 과일로, 제철은 가을이지만 사계절 내내 만날 수 있다. 그 종류는 수백

가지에 이르며, 크기는 국내산 사과보다 작아서 손 안에 쏙 들어오거나 조금 큰 정도이다.

동네 작은 마트에서도 우리나라의 대형 마트보다 더 다양한 종류의 사과를 진열해 놓고 파니 사실상 제철을 분간하기 어렵다. 11월 말 프랑스 마트의 과일 코너를 들여다보면 가을, 겨울 과일로는 사과가 제일 많고 한눈에 봐도 10여 종류나 된다.

우리는 주로 생으로 그냥 먹는 편인데, 프랑스 사람들은 생으로 먹는 사과와 조리해 먹는 사과를 나눠서 이용한다. 맛과 향, 산도, 당도에 따라 생으로 먹거나 주스 또는 샐러드, 주요리의 부재료, 타르트, 콩포트 등으로 구분하여 먹는 것이다.

어릴 적 외갓집에서 과수원을 했는데 우리나라도 사과 종류가 다양했던 걸로 기억한다. 그러다 일부는 사라지고 부사만 인기를 끌더니 요즘 다시 신품종들이 조금씩 늘어나, 지난 가을 마트 판매대에는 어림잡아 5~6종류가 나란히 진열되어 있었다. 초여름 청사과 그라니스미스를 시작으로 홍로, 시나노골드, 홍옥이 보이면 신맛을 좋아하는 나는 신이 난다. 겨울이 되면 결국 한두 종류만 남아서 아쉽지만.

프랑스에서 디저트에 주로 이용하는 사과의 품종은 레네트Reinette, 골덴Golden, 갈라Gala 등이다. 4인 가족이 먹는 사과 타르트를 만들 경우 프랑스의 사과는 크기가 작아 6~7개 사용했는데 국내 사과는 커서 3~4개면 충분하다. 그동안 많은 사과 타르트를 만들어보았으나 로린다가 알려준 타르트가 제일 맛있고 보기에도 예쁘다. 여기에 바닐라 아이스크림까지 있으면 더할 나위 없는 최고의 디저트.

Tarte aux pommes

사과 타르트

생크림 200~250ml 달걀 3개 계절 사과 3~4개
바닐라 에센스 2방울 설탕 100g 밀가루 약간

＊ 반죽용 : 박력밀가루 250g, 버터 125g, 얼음물 2큰술, 소금 약간, 생크림 1~2큰술, 달걀노른자 1개,
설탕 20g,

1 샐러드 볼에 체 친 박력밀가루, 소금, 찬 버터(조각)를 먼저 손끝으로 부숴 섞고 설탕
을 첨가한 다음 얼음물과 생크림, 달걀노른자를 넣어 반죽을 만든다. 반죽을 너무
치대지 말고 공 모양으로 만들어 냉장고에 30분간 놔둔다.

2 소스를 준비한다. 샐러드 그릇에 달걀, 설탕, 바닐라 에센스, 생크림을 넣고서 잘 섞
어준다.

3 사과는 4등분하여 씨를 제거하고 모양대로 얇게 6~7등분한다. 오븐은 180도로 예
열한다.

4 반죽을 밀대로 밀어 타르트 그릇(바닥에 버터와 밀가루를 묻혀놓는다) 위에 펼친다.

5 잘라놓은 사과를 부챗살 모양으로 가장자리부터 약간 겹치듯이 놓는다.

6 준비한 소스를 사과 위로 붓고 오븐에 넣어 40~50분 정도 노릇하게 굽는다.

7 오븐에서 꺼내 식힌 다음 틀에서 타르트를 꺼낸다. 계피 가루를 뿌리거나 바닐라 아
이스크림과 곁들여도 좋다.

감미가 있는 코토 뒤 레이옹(Côteaux du Layon), 몽바지악(Monbazillac), 뮈스카(Muscat), 바뉠스
(Banyuls), 알자스의 방당주 타르디브 리슬링(Vendanges Tardives Riesling) 와인 등과 사과주 시
드르(Cidre)와 매칭.

빵에서
생강, 계피, 정향 냄새가 폴폴

해가 갈수록 향신료 들어간 음식이 좋아지다 보니 그런 재료가 쓰인 디저트에 대한 관심도 배가되었다. 잇몸이 아플 때 정향한 개를 입에 물고 있으면 좀 나아진다는 프랑스 민간요법을 따라 해본 적도 있다.

연말이 다가오면 손가락이 아프도록 오렌지와 레몬에 정향을 박고 계핏가루를 묻혀, 지인들에게 선물하고 우리 집 식탁 위에도 올려놓는다. 그러면 주방에 들어설 때마다 향긋한 향이 퍼져 기분이 좋아진다.

와인에 계피 같은 향신료를 넣고 따끈하게 데운 뱅쇼를 마시는 것처럼, 프랑스 몇몇 지역에서는 여러 향신료를 넣고 빵을 만들어 먹는 전통이 있다.

향신료 빵인 '팽 데피스Pain d'épices'는 그 기원이 고대까지 거슬러 올라갈 만큼 역사가 아주 오래되었다. 일찍이 중국은 10세기에 전사들을 위한 에너지원으로 이용했으며 유럽에서는 향신료가 들어간 빵을 귀하게 여겼다. 그 당시에는 향신료가 먼 이국에서 건너온 비싼 식재료여서 누구나 먹을 수 있는 빵이 아니었다.

기록에 따르면, 1452년 부르고뉴 공국의 필립 르 봉 공작은 플랑드르 전투에서 향신료 빵의 레시피를 가져왔으며 그것을 '가토 오 미엘Gâteau au miel', 즉 (향신료가 없는) 꿀빵이라 불렀다고 한다. 또한 옛 수도원에서도 만들어 먹는 전통이 있었다. 특히 꿀을 넉넉히 넣고 며칠간 휴지 시간을 거쳐 천천히 만들었으며, 그 전통이 점차 일반인에게까지 이어졌다.

이제는 일반 가정에서도 쉽게 통밀가루에 따뜻하게 데운 꿀과 계피, 생강을 넣어 만들며 지역에 따라서는 향신료를 몇 개더 첨가한다. 오븐에서 나온 빵은 꿀과 황설탕 때문인지 먹음직스러운 초콜릿색을 띤다. 따뜻할 때 한입 떼어 먹으면 향긋한 향이 코끝으로 전달되면서 입 안에도 즐거움이 머문다. 제대로 향신료 빵의 맛을 느끼려면 보통 식은 다음에 먹는다.

향신료 빵은 프랑스 북동부 알자스, 랭스, 그리고 부르고뉴의 중심 도시 디종의 특산물이어서 그 지역에 갈 때마다 구입한다. 상점마다 눈에 잘 띄는 곳에 향신료 빵을 놓고 팔다 보니 일을 마치고 귀국할 때까지 계속 눈에 밟힌다.

알자스에서는 특히 크리스마스 때 빠뜨리지 않고 향신료 빵을 만들어 먹는다. 또 프랑스 동부 프랑슈콩테 일부 지역에서는 전통적으로 향신료를 아니스^{anis} 한 종류만 넣기도 한다.

디종에서는 오래전 수녀원에서 하던 방식대로 작은 원통형 빵 속에 오렌지잼 등을 채워, '노네트^{Nonette}'라는 이름으로 전문 숍이나 마트에서 판매한다. 1796년에 문을 연 '뮐로 & 프티장^{Mu-lot & Petitjean}'은 그 대표적인 생산 및 판매점이다. 노네트는 들어가는 잼에 따라 풍미도 다양해 골라 먹을 수 있다.

현지 레스토랑에서는 향신료 빵을 다양한 요리에 응용한다. 얇게 슬라이스해서 푸아그라와 함께 먹기도 하고, 빵을 다시 곱게 부숴 타르트에 이용하기도 하며, '레드 와인에 조린 배'와 곁들여 먹기도 한다.

국내 대형 마트의 말린 허브 및 향신료 코너에 가면 다양한 향신 재료들을 작은 병이나 비닐 팩으로 소포장해서 팔고 있다. 이 재료를 이용하면 빵을 만들기 쉽다. 우리 집 찬장에도 필요할 때마다 사놓은 수십 개의 향신료 병이 도열해 있다.

집으로 손님을 초대한 날에 향신료 빵을 구우면 온 집 안에 은은한 향이 퍼져 들어오는 손님마다 좋아한다. 우리 집 작은아이도 이 빵을 좋아해 가끔 가방에 넣고 다닌다. 향신료 빵은 쿠킹호일에 잘 싸면 1주일까지 보관 가능하다. 보통은 그전에 다 먹어버리지만.

팽 데피스

통밀가루 250g
베이킹파우더 7g
달걀 2개
생강 가루 1작은술
계피 가루 1작은술

꿀 150g
너트메그 가루 1작은술
아니스 가루 1작은술(선택)
정향 가루 1작은술(선택)
오렌지즙 1개분(제스트 약간)

우유 100ml
버터 100g
소금 약간
밀가루 약간

1   오븐은 160도로 예열한다. 버터는 녹이고 꿀도 따뜻하게 데운다.
2   커다란 샐러드 볼에 체 친 통밀가루, 베이킹파우더, 생강 가루, 계피 가루, 너트메그 가루, 아니스 가루나 정향 가루(선택), 오렌지 제스트, 소금을 넣고 골고루 섞는다. 가루 중앙에 홈을 판 후 믹스한 꿀과 버터를 넣고 잘 섞는다.
3   오렌지즙과 달걀, 우유를 첨가하고 다시 한번 잘 섞어 반죽이 매끄럽고 부드럽게 되도록 한다.
4   파운드케이크 틀에 버터를 바르고 밀가루를 뿌린 다음 털어낸 후(또는 유산지를 깐 후) 반죽을 붓는다. 오븐에 넣고 50~60분 정도 굽는다. 꼬치로 찔러보아 묻어나지 않으면 오븐에서 꺼낸다.

 단맛이 나는 리브잘트 뮈스카(Muscat de Rivesaltes), 몽바지악(Monbazillac), 소테른(Sauternes), 그리고 알자스 게뷔르츠트라미너(Alsace SGN Gewurztraminer) 등과 매칭.

엄마가 해주는
프랑스 국민 간식

학교에 안 가는 수요일 또는 주말, 우리 큰아이는 점심을 먹고 집 앞 바슐라르 공원에 나가 또래들과 어울려 놀곤 했다. 아이들이 즐겁게 노는 동안 함께 나온 엄마들도 신이 났다. 그동안 못 다한 이야기보따리를 풀어놓다 보면 어느새 아이들 간식을 챙길 시간이 다가온다. 평소 학교 가는 날 같으면 하교 시간이다.

큰아이 손을 잡고 집으로 와 냉장고에서 달걀과 버터를 꺼내면 눈치 빠른 아이는 자기가 좋아하는 잼부터 챙긴다. 십중팔구 엄마가 '크레프Crêpe'를 만들어줄 테니까.

크레프 위에 딸기잼이나 헤이즐넛이 들어간 누텔라[27]를 듬뿍 바르고 그 위에 슈거파우더를 뿌려준다. 아이는 입에 잔뜩 묻혀가며 신이 나서 먹는다. 배가 고팠는지 한 장 부치면 먹고 또 한 장 부치면 금세 먹어버려서 결국 맨 마지막 한 장만 내 몫이 되기 십상이다.

크레프는 프랑스 국민 모두가 좋아하는 간식이다. 종교적인 축일에 맞춰 먹거나, 가정에서 소박하게 행운을 빌며 먹는 음식이기도 하다. 가톨릭 문화권인 프랑스에서는 달력에 날마다 성인의 날이 기입되어 있고, 기념 축일을 기려 특별한 음식과 과자, 빵을 먹기도 한다.

그중 2월 2일은 '크레프의 날'이라고 하여 한 해의 운과 복을 크레프로 점쳐본다. 크레프를 한 번에 잘 뒤집으면 그해 가정에 행운이 가득하다는 식이다. 부르고뉴 지역에서는 장롱 위에 크레프를 올려놓고 재복을 빌기도 한다. 어쨌든 새봄이 오는 길목에서 묵은 밀가루로 음식을 만들어 먹으며 한 해 농사를 잘 짓게 해달라고 기원하는 민간신앙이 담겨 있다.

크레프는 이렇게 지극히 서민적인 음식이지만, 고급 레스토랑에서 디저트 코스 중 하나로 내기도 한다. 미슐랭 3스타 레스토랑인 '메종 라믈루아즈Maison Lameloise'에서의 경험이다.

주문한 손님 앞에 게리동을 갖고 나와 크레프 위에 화려한 손놀림으로 알코올 도수 40도나 되는 리큐어, 그랑 마르니에를 뿌린 후 불을 붙인다. 깜짝 불꽃 쇼를 연출해 만든 '크레프 쉬제트Crêpe Suzette'를 받으면 우리는 감탄사로 화답하고 주위 손님들은 부러운 눈으로 쳐다본다.

크레프의 기본 재료는 밀가루, 달걀, 우유(물)이다. 밀가루 대신 메밀가루를 넣어 '갈레트 드 사라쟁Galette de Sarrasin', 즉 메밀 갈레트를 만들 때는 달걀, 햄, 치즈, 소시지, 연어, 양파, 토마토 등 원하는 재료를 추가한다. 이러한 메밀 갈레트는 점심에 식사처럼 먹을 수도 있다. 우리나라의 전통 음식 가운데 제주도의 빙떡이나 강원도의 메밀전병과 비슷하다는 생각이 든다.

프랑스 북부 노르망디 지역의 옹플뢰르Honfleur를 지나 바닷가 마을에 들렀을 때 점심으로 베이컨, 달걀 등을 넣은 메밀 갈레트와 사과주 시드르를 먹은 적이 있다. 그 동네는 한 집 건너 갈레트, 크레프를 파는 가게가 즐비했다. 가게의 내부 벽면에는 갈레트(또는 크레프) 대회에서 우승했거나 입상했다는 자랑스러운 상장과 인증서가 걸려 있었다. 내가 먹은 갈레트가 그런 가치가 있다니 더 맛있게 느껴졌다.

크레프

밀가루(박력 또는 중력) 250g
달걀 2개
버터 60(30+30)g

우유 500ml
소금 약간
럼 1큰술(선택)

헤이즐넛 잼(누텔라)
슈거파우더 약간(장식용)
잼과 생과일(오렌지, 딸기 등)

1   큰 볼에 밀가루, 소금을 넣고 중앙에 홈을 판 다음, 달걀을 넣고 우유를 조금씩 부으면서 잘 섞어 멍울이 지지 않게 한다. 럼과 액체 버터를 섞는다. (버터는 녹여 30g은 팬용으로, 30g은 반죽용으로 준비한다.)

2   바닥이 평평한 프라이팬(21~23cm)을 준비한다. 달군 프라이팬에 녹인 버터를 솔(또는 키친타월)을 이용하여 전체적으로 얇게 바른 뒤 〈1번〉의 반죽을 한 국자 떠서 중앙에 붓는다. 반죽이 골고루 팬 전체에 가도록 돌려준다.

3   팬 가장자리의 반죽이 들려져 나풀거리면 뒤집어 준다. 앞뒤가 노릇하게 구워지면 꺼낸다. 이를 여러 번 반복하여 모두 굽는다.

4   준비해 놓은 크레프를 접시에 담고 기호에 따라 잼(또는 누텔라)을 바르고 과일을 올린 다음 슈거파우더를 뿌린 후 접어서(또는 말아서) 먹는다.

 샹파뉴(Champagne), 부브레(Vouvray), 크레망 드 루아르(Crémant de Loire) 와인과 매칭. 그 밖에 사과주 시드르(Cidre), 사과주스와도 잘 어울린다.

주말에 가볍게 즐기는
토스트

    이른 아침 막 구워서 바삭한 빵을 사면 치즈를 올려 먹을까 잼을 발라 먹을까, 즐거운 고민을 한다. 그런데 맛있게 먹고 남긴 빵이 얼마 후 단단해지면 눈에서 멀어진다. 그럴 때 우리에게 친숙한 프렌치 토스트를 만들어보면 어떨까. 사실 확인은 어려우나 항간에 떠도는 이야기에 따르면, '프렌치'라는 성을 가진 요리사가 고안한 토스트라는 설이 있다.

    프렌치 토스트는 프랑스어로 '팽 페르뒤$^{Pain\ perdu}$'라고 한다. 왠지 시적이고 낭만적으로 들리지만 직역하면 '(제 맛을) 잃어버린 빵'이다. 시간이 지나 딱딱해지고 본래의 맛을 잃어버린 빵에 약간의 재료를 첨가하여, 부드럽고 촉촉한 빵으로 되살려 놓은 것이다.

    가정에서는 먹고 남은 단단한 빵으로 프렌치 토스트를 만드는데 보통 질감이 거친 캉파뉴 빵, 잡곡 빵 등을 이용한다. 우선 우유와 달걀, 설탕을 섞은 뒤 그 소스 물에 빵을 적신다. 그런 다음 팬에 버터를 두르고 앞뒤로 노릇하게 구워 설탕을 뿌려 먹는다. 좀 더 다양한 맛을 원한다면 슈거파우더, 꿀, 잼, 캐러멜소스 등과 구운 과일을 곁들여도 좋다.

아침으로 바게트, 귀리죽, 통밀 빵을 번갈아 먹는 우리 집도 먹고 남은 빵이 생기면 가끔 프렌치 토스트를 해 먹는다. 접시에 구운 토스트를 담고 싱싱한 계절 과일이나 구운 과일을 올린 다음 먹기 전에 슈거파우더를 흩뿌려 준다. 남자 셋이 모인 식탁 위 프렌치 토스트는 게 눈 감추듯 금방 사라진다.

그런데 집에서 주말 아침 식사로, 또는 브런치 가게에서 먹던 팽 페르뒤를 뜻밖에 어느 프랑스 식당에서 메인 요리 다음 '디저트'로 만났다. 디저트로 먹는다는 얘기를 듣긴 했지만 코스 메뉴판에 정식으로 쓰여 있는 것을 보기는 처음이이었다. 그래서 주문을 해보았다. 이 식당에서는 접시에 달콤한 크림소스와 산딸기소스를 담고, 그 위에 두툼한 브리오슈 빵을 앞뒤 노릇하게 구워 설탕을 뿌려 올렸다. 그리고 옆에는 휘핑한 크림을 첨가했다.

팽 페르뒤처럼 프랑스 사람들에게 대중적인 음식으로는 크로크 무슈Croque monsieur, 크로크 마담Croque madame이 있다. 크로크 무슈와 관련해 다음과 같은 일화가 전해진다.

1910년경 파리 오페라 극장 근처에 있던 브라스리[28]에서 생긴

일이라고 한다. 어느 날 손님이 몰리다 보니 바게트 샌드위치가 다 떨어졌고 주인은 바게트 대신 식빵 위에 장봉(햄), 치즈를 올린 뒤 바삭하게 구워, 바게트 느낌이 나는 샌드위치를 냈다는 것이다. 이를 맛본 손님이 너무 맛있어서 속에 무엇을 넣었냐고 묻자 주인은 "옴므homme를 넣었소"라고 답했다는 이야기이다.

　물론 농담으로 한 말이었지만 사람(남자)이란 뜻의 옴므란 단어가 남성의 호칭인 '무슈'로 발전해 샌드위치의 이름이 되었고, 당시 거의 모든 브라스리에서 인기 메뉴로 등장했다고 한다. 한편 크로크 마담은 크로크 무슈 위에 달걀을 프라이해서 올리면 된다. 빵 위에 올려진 달걀 모양이 마치 여인(마담)들이 쓰는 모자 형태 같다고 해서 그런 이름이 붙었다.

　크로크 무슈는 프랑스 가정에서 즐겨 먹는 음식일 뿐만 아니라 전 세계로 널리 퍼져 사랑을 받고 있다. 또한 프랑스의 유명 작가 마르셀 프루스트가 자신의 책 속에서 이 음식을 언급하기도 했다.

프렌치 토스트

굳은 식빵이나 브리오슈 4장
달걀 3개
우유 150ml
(또는 우유 100ml, 생크림 50ml)
설탕 20~30g
슈거파우더 약간
딸기(또는 계절 과일) 약간
블루베리 약간
버터 약간
올리브오일 적당량(선택)
럼 1큰술(선택)

1   샐러드 그릇에 달걀과 우유, 생크림, 설탕, 럼(선택)을 넣고 잘 섞어준다.
2   굳은 빵을 그대로 또는 2등분하여 준비한 우유, 달걀 물에 적신다.
3   달궈진 팬에 버터와 올리브오일(선택)을 두른 뒤 적신 빵을 넣고 앞뒤 노릇하게 굽
    는다.
4   접시에 담고 딸기, 블루베리를 올린 다음 슈거파우더를 뿌린다.

4장

프랑스 문화에 담긴 맛

모네의 식탁 같은
아침 풍경

아침 6시, 알람으로 설정해 놓은 빌리 홀리데이의 노래가 흘러나오면 눈을 뜬다. 아직 잠이 덜 깬 채 수동 커피 분쇄기에 원두를 넣고 드르륵 거칠게 간 뒤 필터를 접어 커피 가루를 담으면 은은한 커피 향에 졸음이 달아났다.

불랑주리(빵집)에서 사 온 바게트를 식탁 위에 놓고 카망베르 치즈, 버터, 딸기잼, 오렌지주스도 함께 놓는다. 연하게 내린 커피를 큰 사발같이 생긴 잔에 담아, 바게트 위에 치즈를 올린 타르틴과 함께 먹는 것이 우리 집의 아침 식사였다. 때때로 카망베르를 쿨로미에 치즈로 바꿔 먹었고, 바게트 대신 비스코트 biscotte 위에 버터를 발라 먹으면 입 안에서 '바삭' 하고 터지는 소리가 또 다른 아침을 열어주었다.

주말 아침에는 크루아상과 팽 오 쇼콜라의 버터를 손에 묻혀가며 커피, 코코아와 함께 느긋하게 여유를 부렸다. 윗집 베르트

랑네, 옆집 플로리네도 우리 집 식탁의 아침 풍경과 크게 다르지 않았으리라. 아마도 베르트랑 엄마는 좋아하는 홍차를 마셨을 테고, 친절하고 곱슬머리인 플로리 아빠는 버터 없는 식사를 했을 것이다.

집을 떠나 여행지에서 아침을 맞이하면 평소와 좀 다른 풍경이 펼쳐진다. 가는 곳마다 나름의 지방색이 있고 그 장소만 갖는 역사와 매력이 있어 왠지 기대되고 설레기도 했다.

남쪽 항구 도시, 마르세유Marseille를 방문했을 때는 숙소 가까이에 20세기 걸출한 건축가 르 코르뷔지에가 설계한 유명 건축물이 있어 한걸음에 달려가 보았다. 유니테 다비타시옹은 오늘날의 아파트와 같은 집합 주택으로, 그곳 실내 카페에 앉아 건축 전공자인 남편으로부터 아침 강의를 듣다 보니 모닝 에스프레소 커피가 다 식어버렸다.

그런가 하면 염소 치즈로 유명한 루아르Loir 지역의 아주 작은 마을 샤비뇰Chavignol의 아침도 인상 깊었다. 이 마을은 사방이 포도밭으로 둘러싸여 있는데, 고요한 아침에 일어나 보니 안개가 자욱했다. 숙소 앞의 굳게 닫힌 치즈숍을 지나 여명 속에 포도밭을 둘러본 뒤 인근 상세르Sancerre 마을까지 올라가, 루아르 강 위로 솟아오르는 아름다운 일출을 맞이하고 돌아왔다.

호텔의 아침 차림은 잘게 부서지는 하얀 염소 치즈와 바게트,

간단한 주스, 커피, 잼 등이었다. 떠나기 전에 그제야 문을 연 치즈숍에 들렀더니 작은 가게 안은 벌써 손님들로 가득했다. 재빨리 모양이 다른 염소 치즈를 몇 종류 고른 뒤 나왔다.

파리 북서쪽 노르망디 지역의 중심 도시 루앙^{Rouen}은 인상파 화가 클로드 모네와 인연이 깊다. 파리 근교 지베르니^{Giverny}에 살던 모네가 빛에 따라 시시각각 변하는 루앙 대성당을 그리기 위해 달려갔던 곳이다. 남편이 이끄는 '와이너리 및 미술, 건축 관련 투어'에서도 인상파 화가들의 발자취를 따라 루앙에 들렀다.

루앙 대성당에 처음 갔을 때는 너무 이른 아침이어서 그런지, 파사드(전면)가 햇살을 충분히 받지 못한 모습이었다. 카메라 안에 다 들어오지 않는 성당을 찍으려고 애쓰니 성당 앞 가게 주인이 "들어와 잘 찍어보라"며 친절한 안내까지 해준다. 우리는 빛에 따라 뉘앙스가 달라질 성당의 모습을 다시 보러 오기로 하고 호텔로 돌아왔다. 호텔의 아침 뷔페에는 노르망디의 특산물이 상상 이상으로 화려하게 차려져 있었다. 사과 산지답게 통째로 구운 사과, 로컬 치즈, 버터가 듬뿍 들어간 제과 등이 맛있었다. 여유를 부리느라 조금 늦게 돌아가서 다시 만난 루앙 대성당은 안팎이 이루 형언할 수 없을 만큼 아름답고 화려했다. 모네는 루앙 대성당을 그리기 위해 놀랍게도 매일 11시간씩, 많게는 14개의 캔버스를 동시에 놓고 작업을 했다고 한다.

이어서 인상파 화가들의 발자취를 따라 노르망디 해안가로 향하던 중 플롱Plomb이란 작은 마을에서 묵었다. 잘 다듬어진 나무와 꽃들로 둘러싸인 숙소는 흡사 모네의 집을 연상케 했다. 다음 날 아침, 우리는 미소 띤 여주인으로부터 "봉주르"라고 아침 인사를 받으며 식당에 들어섰다. 그곳의 식탁은 지베르니에서 보았던 미식가 모네의 길고 커다란 식탁을 빼닮은 듯했다. 빳빳하게 풀 먹여 다린 식탁보 위에는 접시, 커트러리, 따뜻한 빵과 커피 잔이 정갈하게 놓여 있었다.

벽난로 옆 보조 식탁에는 얇게 자른 장봉, 덩어리 치즈, 갖가지 계절 잼과 생과일, 주스, 요거트 등을 마음대로 먹을 수 있게 준비해 놓았다. 여주인은 커피와 홍차 중 어느 것을 마실지, 삶은 달걀을 완숙으로 해줄지 반숙으로 해줄지 물어본다. 따뜻한 커피와 함께 바게트 위에 널따란 장봉과 말랑말랑한 치즈 한 조각을 올려 먹으니 맛있어서 어깨가 으쓱 올라갔다.

각 지역의 다양한 숙소에서 만난 주인들은 늘 손님보다 먼저 일어나 아침을 책임졌으며, 요란하지 않고 세밀한 움직임으로 투숙객들이 원하는 것을 찾아 준비하고 제공해 주었다. 그들의 친절함 덕분에 여행지에서의 아침은 요즘 말로 '소확행'이 되기도 하고, 때로는 호사스러운 경험이 되기도 했다.

루앙 대성당.

모네의 집 식탁(왼쪽)과 숙소의 아침 식탁.

지베르니에 있는 모네의 정원.

친구의 마음이 담긴
저녁 초대

　그르노블에 살 때 동네 친구 오딜은 고등학교 선생님이자 두 딸의 엄마였다. 긍정적인 성격의 그녀는 언제나 활기차 보였다. 그리고 내가 둘째인 작은아이를 갖고 입덧이 심했을 때, 또 남편이 논문 발표 후 마지막으로 귀국 짐을 정리할 때도 우리 곁에서 큰 도움을 주었다.

　우리 큰아이와 그녀의 딸 플로리가 같은 반이다 보니 길 건너 학교에 갈 때나 오후에 공원에서 놀 때도 자주 만났다. 아이들의 생일이 되면 서로 친한 친구들을 초대하여 같이 점심도 먹고 놀게 했으며, 어른들은 대개 주말 저녁에 모임을 가졌다.

　그러던 어느 날 오딜이 우리를 디너에 초대했다. 그래서 옆 동에 사는 알렉시스네 가족까지 세 가족이 모여 저녁 모임을 갖게 되었다. 초대받은 날 저녁 오딜네 집으로 건너가니 그녀는 우리를 응접실로 안내했다. 우리는 빈손으로 가기 뭐해서 준비해 간

꽃다발을 건넸다.

오딜은 간단한 카나페, 올리브, 견과, 주스, 와인을 준비해 놓았다. 포멀한 초대가 아니니 동네 친구를 놀라게 하는 대단한 솜씨를 부리지 않아 마음이 편해졌다. 간단히 아페리티프로 목을 축이고 나서 식탁으로 자리를 옮겼다. 오딜과 남편 이브는 우리를 위해 준비한 샐러드, 그라탱과 와인을 서빙했고 사냥철인지라 친구들과 사냥한 사슴 고기를 주요리로 내놓았다. 그리고 디저트로는 집에서 만든 과일 타르트가 나왔다.

먹는 것보다 노는 데 신이 난 아이들은 모처럼 늦게까지 잠도 안 자고 함께 어울렸다. 어른들은 거실에서 차를 마시며 아이들 학교 이야기부터 우리 가족의 프랑스 생활까지 대화를 이어갔다. 사실 어린아이가 있으면 저녁 모임을 갖기 쉽지 않은데, 이국에서 고생하는 늦깎이 유학생 부부를 배려하여 마련해 준 자리였다.

그처럼 평범하게 밥 한번 나눠 먹으며 보낸 시간들이, 지금은 소중한 추억으로 남아 있다. 귀국 후 몇 번은 편지를 주고받았는데 오딜이 이사를 하면서 연락이 끊어졌다. 지금도 잘 지내고 있는지 궁금하다. 오딜, 잘 지내지?

건자두 말이

베이컨 10장
건자두(씨를 뺀) 20개
꼬치 20개
식용유 적당량
생허브(로즈메리나 타임) 2줄기

1   건자두를 손으로 만져서 딱딱한 부분을 부드럽게 만든다.

2   베이컨을 2등분한 뒤 건자두 위에 올려서 돌돌 말아 꼬치로 고정시킨다.

3   팬에 식용유을 두르고 건자두 꼬치를 노릇하게 앞뒤로 굽는다. 접시에 담고 허브를 올린다.

 식전주인 아페리티프로 키르(Kir), 크레망(Crémant), 브뤼트(Brut) 스타일 샴페인을 곁들인다.

Olive marinade

올리브 마리네이드

블랙올리브 15알　　　　　케이퍼 10알　　　　　올리브오일 60ml
그린올리브 15알　　　　　타임 약간　　　　　　드라이 토마토 약간
마늘 1쪽　　　　　　　　로즈메리 약간
파프리카 1/6쪽　　　　　소금·후추 약간

1　샐러드 볼에 올리브와 파프리카 채 썬 것, 마늘(편 썰기), 케이퍼, 허브(타임, 로즈메리),
　드라이 토마토, 소금, 후추를 넣은 후 올리브오일을 듬뿍 넣어 마리네이드 한다.
2　차갑게 보관했다가 먹기 30분 전에 꺼내 그릇에 담는다.

Fromage blanc aux fines herbes

허브 치즈

크림(또는 리코타) 치즈 80~100g　　　　소금·후추 약간
다진 허브(부추, 처빌, 파슬리 등) 약간　　올리브오일 2~3큰술
다진 마늘 약간　　　　　　　　　　　바게트 빵(또는 비스킷) 1/2개

1　오목한 볼에 치즈를 넣고 다진 허브와 다진 마늘, 올리브오일, 소금, 후추를 넣은 뒤
　골고루 매끄럽게 잘 섞는다.
2　오목한 그릇에 허브 치즈를 담고 슬라이스한 바게트나 비스킷을 곁들인다.

눈물 젖은
바게트 빵

프랑스의 빵집에 들어서면 벽면에 길게 키 재기 하듯 세워져 있는 막대기 빵들이 눈에 띈다. 그중 대표적인 빵 바게트^{baguette}는 말 그대로 '막대기, 젓가락, 지휘봉' 등을 의미한다.

프랑스 사람들의 아침 일상은 바게트를 사고 타바^{tabac}에 들러 신문을 사는 것으로 시작된다. 직장인이라면 카페에서 마시는

카페오레 커피가 추가될 수도 있다.

보통 우리는 아침 식사용으로 바게트 반 개면 충분한데, 처음에는 한 개씩 사다 먹었다. 그러던 어느 날 빵집에서 내 앞의 손님이 빵을 주문하며 2분의 1만 달라는 것을 보고 그렇게도 살 수 있음을 알게 되었다. 평소 사는 바게트보다 큰 사이즈의 플뤼트 빵을 2분의 1개만 달라고 주문했더니 빵집 주인은 머뭇거리지 않고 잘라서 반 개를 건네주었다.

바게트 빵을 사면 긴 봉투에 넣어 주거나 잡기 편하게 기름종이를 중간에 한 번 돌려서 준다. 프랑스를 여행하다 보면 마치 팔꿈치처럼 동그란 바게트 끝부분을 뜯어 먹으며 걷는 사람들을 종종 볼 수 있다. 이는 전형적인 프랑스의 아침 풍경이라 하겠다. 앙케트 조사에 의하면 프랑스인들 대부분이 바게트 빵을 사 갖고 나오면서 곧바로 맛을 본다고 한다.

지금은 막대기 같은 모양의 바게트가 1920년 이전에는 아주 무겁고 둥그렇게 생긴 빵이었다. 그 당시 제빵업자들은 밤늦게까지 일하고 귀가해 잠도 제대로 못 잔 채 발효 빵을 만드느라 다시 새벽 일찍 나와야만 했다. 그래서 파리 경시청에서 초과 근무를 하지 못하도록 대안을 마련한 것이 바로 제과·제빵업자의 야간 노동시간 제한이었다.

그로 인해 빵의 무게나 크기, 길이를 제한하고 가격까지 정하여 발효 시간을 줄이고 빠르게 만들 수 있는 지금의 바게트가 나온 것이다. 1933년 공포된 법령에서는 바게트 빵이라고 불리려면 몇 가지 기준을 따라야 한다고 명시하고 있다. 우선 밀가루, 물, 소금, 이스트(르뷔르)만 들어간다. 그리고 빵의 길이는 대략 55~70센티미터, 무게는 250~300그램 정도 되어야 한다.

바게트와 사촌 격으로 모양이 얇거나 두툼한 것들도 있는데 피셀ficelle이라 불리는 얇은 바게트는 125그램 정도이며, 플뤼트flûte라 불리는 두툼한 바게트는 400그램 정도 나간다. 시간이 지나면서 과거의 규칙이 바뀌어 1987년 이후로는 빵의 무게나 크기, 가격 등이 좀 더 유연해지고 자유로워졌다.

1994년, 프랑스의 22대 대통령인 자크 시라크가 파리 시장으로 재임하던 당시 바게트 그랑프리 대회가 시작되었다. 여기에서 우승하면 상금과 함께 엘리제궁에 1년 동안 바게트 빵을 공급할 수 있는 영광이 주어진다. 이 대회에서 유난히 몽마르트르가 있는 파리 18구의 불랑주리(빵집)가 여러 번 우승을 차지했다고 한다. 그러니 여행 중 몽마르트르에 들르게 되면 빵집에서 바게트 샌드위치를 맛봐도 괜찮을 성싶다.

바게트 샌드위치는 프랑스인들이 가장 쉽게 만들어 먹는 음식으로 장봉(햄), 연어, 참치, 닭고기, 잎채소, 버터 등이 들어간다. 겉이 바삭한 바게트에 자주 입천장이 까지기도 하지만, 촉촉하고 부드러우며 간간한 속 재료의 맛에 빠지게 되면 그것도 잠시 잊는다.

프랑스 대형 마트에서 바게트 빵을 사는 사람들을 보면 한 번에 여러 개를 사서 카트에 툭툭 집어넣는다. 가격이 저렴해서이기도 하고, 대가족인 경우 먹다 남으면 잘 싸서 냉동실에 보관했다가 다음 날 해동해 먹어도 그런대로 맛의 차이가 없기 때문이다. 물론 그때그때 필요한 만큼만 사서 바로 먹는 것이 제일 맛있게 먹는 방법이긴 하다.

이제는 국내 동네 빵집에서도 쉽사리 바게트 빵을 만날 수 있다. 그런데 오후에 빵집에 들르면 손님의 편의를 위해서 그런 건지 바게트 빵을 잘라 봉지 안에 넣어놓는 경우가 많다. 이처럼 미리 잘라놓으면 쉽게 마르고 맛도 떨어진다. 어쩔 수 없이 자른 빵이라도 사야 한다면 빨리 먹는 수밖에 없다.

프랑스의 고급 레스토랑에서는 빵을 작게 만들어 통으로 내고, 캐주얼한 식당은 빵을 잘라서 바구니에 넉넉하게 담아 준다. 프랑스에서 빵 인심은 언제나 후한 편이다. 그렇지만 바게트는 음식에 곁들여 먹는 것이므로 주객이 전도되어선 안 된다.

파리의 개선문 근처 레스토랑에 갔을 때 봉투에 든 바게트 한 개가 통째로 식탁 위에 올려져 있는 걸 보고 깜짝 놀랐다. 처음 보는 광경이었다. 관광객이 많이 드나드는 곳이어서 그랬을까.

서빙되는 음식도 매우 정갈하고 모양새, 맛도 아주 훌륭했는데 식탁 위 바게트 봉투는 좀 생경했다.

　바게트 하면 떠오르는 추억이 있다. 큰아이가 아주 어렸을 때의 일이다. 내가 학교에 가야 해서 처음 베이비시터에게 맡기던 날, 아이는 나와 떨어지기 싫다며 많이 울었다. 수업이 끝나고 오후에 찾으러 가니 아이는 눈가에 하얀 소금 자국이 그대로인 채, 고사리 같은 손에는 말라비틀어진 바게트 한 조각을 꼭 쥐고 있었다. 그날은 내 눈에도 눈물이 가득했고 가슴이 먹먹했다.
　큰아이가 좀 더 자라 유치원에 다니기 시작하자 사다 놓은 바게트 빵을 마치 마법사의 칼인 양 갖고 놀았다. 그때 자기 키만큼 큰 빵을 들고 있던 모습이 지금도 앨범 속 사진으로 남아, 잊힐 만하면 또 생각난다.

Simple sandwich au jambon - beurre

장봉뵈르 샌드위치

바게트 빵 1개
익힌 장봉(슬라이스 햄) 6~8장
버터 넉넉하게

1   바게트 1개를 3등분한 다음 다시 속이 보이게 자르되 끝까지 자르지 않는다.

2   버터를 빵에 도톰하게 썰어 넣거나 두껍게 바른다.

3   그 위에 얇은 장봉(햄)을 원하는 대로 접어서 끼운 후 덮는다. 매우 간단하지만 맛있
    는 바게트, 그리고 품질 좋은 버터와 장봉이 샌드위치의 맛을 가름한다.

프랑스에서 가장 대중적으로 마시는 남부 론 지역(Côtes du Rhône) 레드 와인이나 부르고뉴
(Bourgogne) 레드, 보졸레(Beaujolais) 와인 등과 매칭해 보길.

겨울 식탁의 꽃,
석화

　각양각색의 다채로운 불빛이 거리를 밝히는 연말이다. 거리를 가로질러 장식해 놓은 화려한 조명등에 불이 켜지면 어느덧 한 해가 저물어감을 실감한다. 가족과 함께 크리스마스를 보내는 프랑스 사람들 사이에 있다 보면 고국이 더 그리워진다. 그럴 때는 처지가 비슷한 지인들과 만나 음식을 나눠 먹으며 시간을 보내는 것이 그나마 위로가 된다.

　비록 유학생의 작은 살림이지만, 필요한 품목들을 적어 시장에 가면 식료품 판매대 앞에서 서성이며 즐거운 고민을 한다. 큰 시장일 경우 많은 사람들이 몰려드니 상점마다 번호표를 나눠주고, 그것을 받아 차례를 기다린다.

　나도 모르게 발길이 향하는 생선 코너에도 신선한 해산물이 풍성하게 진열되어 있다. 그중에 위트르huître, 즉 '석화(껍질굴)'는 이맘때 빼놓을 수 없는 계절 음식이다. 굴을 좋아하는 우리 가족은 굴 때문에 연말을 기다린다고 해도 과언이 아니다.

석화가 나무 상자에 담겨 잔뜩 쌓여 있다. 미리 깐 생굴은 어디에도 없으며 모두 입을 꽉 다문, 껍질굴들뿐이다. 석화를 두세 상자 고른다. 그런데 맛나게 먹는 것만 상상했지 껍질 까는 일은 미숙하여 처음에는 손 여기저기 상처를 내기도 했다.

프랑스는 유럽에서 주요 굴 생산국이다. 동쪽을 뺀, 바다와 면해 있는 서남북 3면에 굴 생산지가 골고루 분포되어 있다. 북쪽의 브르타뉴와 노르망디를 비롯하여 서쪽의 일드레Île de Ré 섬, 서남쪽 누벨아키텐Nouvelle-Aquitaine 지역의 아르카숑Arcachon, 남쪽의 지중해에서는 성수기가 아니어도 굴을 만날 수 있다.

5월 중순, 프랑스 북서쪽의 작은 항구 도시 캉칼Cancale에 들렀던 적이 있다. 캉칼의 굴은 예로부터 매우 유명하여 왕들의 식탁에 오르기도 했다고 한다. 점심을 먹기 전 해안가 도로를 산책하는데 굴을 파는 가게들이 줄지어 있는 것이 보였다.

견물생심이라고, 이곳저곳 구경하면서 군침을 흘리다 결국 엄청 비싼 가격에도 불구하고 석화 열두 개를 골랐다. '말발굽'이라는 이름의 석화는 어른 손바닥보다도 훨씬 더 커 보였다. 또 어찌나 단단한지 굴 판매인이 망치로 깬 후 다시 칼로 껍질을 열어야 했다. 손가락 사이로 즙이 뚝뚝 흘러내리는 것이 아까워 얼른 입을 갖다 대자 짭짤한 바다 향이 가득했다.

겨울에 프랑스를 여행할 때는 레스토랑에서 석화를 포함한 겨울의 별미를 모아놓은 '플라토 드 프뤼 드 메르Plateau de fruits de mer', 즉 해산물 모둠쟁반 요리를 자주 주문한다. 겨울 해가 너무 짧아 볼거리를 많이 못 본 관광객들은 그 아쉬움을 이 맛있는 저녁으로 보상받는다. 우리나라보다 가격이 비싼 게 흠이지만….

샴페인의 중심 도시 랭스Reims에는 멋진 해산물 식당이 여럿 있지만, 그중에서도 불랭그랭 시장 앞에 위치한 '르 보칼Le bocal'은 꽤 괜찮은 레스토랑이다. 우리가 갔을 때 입구에는 각 산지에서 올라온 굴들이 진열되어 있었다.

굴 상자마다 품종과 산지, 숫자가 쓰여 있다. 표기된 숫자가 작을수록 크기가 큰 굴이라서 숫자 1이면 굴이 크고, 숫자 5면 그보다 작다. 입구에서 잠시 굴을 구경하는 동안 식당 직원은 벌써 석화 한 접시를 까서 먼저 와 있던 손님들의 식탁 위로 날랐다.

우리는 식당 벽에 쓰여 있는 메뉴들을 살펴보고 해산물 모둠쟁반에 넣을 것을 선택한 뒤 알맞게 구성해 달라고 했다. 주요리를 기다리는 동안 먼저 먹을 연어 그라브락스Gravlax를 고르고 나서 해산물 모둠쟁반 다음에 나올 생선구이, 그리고 곁들여 마실 샴페인까지 주문했다.

식당 주인이 갖고 온 우리의 해산물 모둠쟁반에는 여러 종류의 싱싱한 굴과 찐 대게, 익힌 딱새우와 소라, 고동, 홍합, 가리비

등이 올려져 있었다. 식탁에는 이미 호밀 빵과 함께 발라 먹을 드미셀demi-sel 버터, 레몬 조각, 마요네즈, 그리고 샬롯이 들어간 미뇨네트소스까지 놓여 있어 빈 공간이 보이지 않았다.

　겨우 굴 몇 개 먹고 샴페인 두어 번 마신 것 같은데 어느새 굴은 게 눈 감추듯 사라지고 빈 껍질만 수북이 쌓였다. 이어 바삭하게 구운 생선이 나오고 식당 주인이 추천한 와인을 마시는 내내 입 안은 온통 바다 향이 가득하고 손에서는 상큼한 레몬 향이 쉼없이 올라왔다. 곁들인 샹파뉴 자크송Champagne Jacquesson 때문인지, 굴 덕분인지 식당 문을 나설 때까지 기분 좋게 몇 시간을 보냈다.

석화와 해산물 모둠쟁반

석화 16개

익힌 해산물(새우, 홍합, 고동, 소라, 대게 등) 적당량

레몬 1개

버터 약간

빵(호밀 빵, 바게트 빵) 1/2개

마요네즈 약간

해초 약간

차이브(또는 파슬리) 2줄기

얼음(간 것) 적당량

1   식탁에 올릴 커다란 쟁반이나 큰 접시를 준비하고 해초와 간 얼음을 담아놓는다.

2   레몬은 씻은 다음 2등분하여 1/2개는 즙을 내고, 나머지 반은 6등분한다. 빵은 먹기 좋게 얇게 썰어놓는다.

3   석화는 껍질을 까되 한쪽 껍질에 그대로 붙어 있게 하고, 나머지 해산물은 익힌다. 다 익으면 식혀서 냉장 보관한다.

4   소스 그릇에 마요네즈와 〈2번〉의 레몬즙 약간, 차이브(또는 파슬리)를 다져 섞어준다.

5   쟁반 위에 석화와 익힌 해산물을 골고루 담는다.

6   마요네즈와 빵, 버터를 함께 서빙한다.

루아르 지역의 상세르(Sancerre) 화이트와 부르고뉴(Bourgogne) 화이트, 샤블리(Chablis), 마콩(Macon) 화이트, 보르도(Bordeaux) 화이트, 샹파뉴(Champangne), 크레망(Crémant) 등을 곁들여 보길.

명장의
잼을 발견하다

　예로부터 음식을 오래 두고 먹으려면 소금이나 설탕, 식초 등을 이용하여 염장, 당절임, 초절임을 했다. 그중 설탕을 이용한 잼(콩피튀르)은 가정에서 제철 과일로 잔뜩 만들어 놓았다가 두고두고 먹는, 대표적인 저장식이다.

　나는 6월이면 반짝 나타났다 사라지는 살구를 시작으로 각종 잼을 만든다. 남편은 우스갯소리로 짧게 있다 살그머니 없어지니 '살구머니'란다. 내가 해마다 빠지지 않고 잼을 만들기 시작한 것은 알자스의 유명한 파티시에르(제과사)이자 잼 마스터인 크리스틴 페르베의 잼을 알고부터였다.

　그동안 잼을 몇 번 만들었으나 빛깔이 그리 예쁘지 않았다. 그러다 우연히 요리 잡지를 통해 크리스틴 페르베가 만든 잼을 보고는 알자스까지 가서 그 잼을 맛보고 싶다는 생각이 들었다.

　그녀의 레시피대로 해보니 특별한 재료를 첨가하지 않는데도 잼의 색깔이 선명하고 윤기가 나며 맛도 있어 매우 만족스러웠다. 그것이 나에게 한여름 뜨거운 불 앞에서 다시 잼을 만드는 계기가 되었다. 아침에 바게트 빵이나 비스코트에 새콤달콤한 살구잼 또는 자두잼을 발라 커피와 먹으면 기분이 좋아진다. 그래서 이젠 더 이상 잼을 사지 않고 살구, 자두, 무화과로 직접 만들어 먹는다.

해마다 프랑스에서 소비되는 잼의 양은 상당하다. 가장 선호하는 잼의 순위를 보면 1위가 딸기이고 다음이 살구, 무화과 순이다. 아침에는 우리 가족이 그랬듯 그들도 빵이나 바삭한 비스코트에 잼을 바른 타르틴 형태로 커피 한 잔과 간편하게 먹는다. 여행 중 아침 식사가 나오는 호텔이나 숙소를 보면 어김없이 다양한 잼들이 놓여 있다.

미슐랭 레스토랑에서도 손님들에게 판매하는 구르메gourmet 제품 중 잼이 포함되어 있는 경우가 많다. 잼은 빛깔이 예쁘고 가격도 비싸지 않아 부담 없는 선물로 딱 좋다. 또한 잼은 각각의 향과 풍미로 롤케이크나 마들렌, 타르트 등의 표면에 윤기를 내주는 나파주nappage의 역할도 한다.

잼을 만들려면 기본으로 과일과 설탕, 그리고 물만 있으면 된다. 제일 중요한 재료인 과일은 무게 기준으로 총 재료의 최소 35퍼센트가 되어야 한다. 반면에 마멀레이드는 잼보다 원재료가 조금 적은 20퍼센트를 차지하고, 껍질 7.5그램이 포함되어야 한다.

잼은 과일의 당과 산, 펙틴이 서로 작용해 만들어진다. 펙틴이 풍부한 과일로는 감귤류와 사과, 산딸기 등이 있고 배, 딸기 등에는 펙틴이 적게 들어 있다. 펙틴이 부족한 경우 보충해 주는 과일을 섞거나 레몬즙을 이용하면 된다. 펙틴이 풍부한 레몬즙은 잼의 젤gel 형성을 도와주며, 레몬은 향을 붙잡아 두는 역할과 더불어 색도 선명해지게 한다. 잼을 만들 때는 수분이 잘 날아갈 수 있도록 넓은 냄비를 쓰는 게 좋다.

짧게 만났다 금방 사라지는 살구를 공략하고 나면 다음은 자두 차례이다. 자두는 품종에 따라 빛깔도 달라서 잼을 만드는 재미가 있다. 우리 집에서 잼을 만들 때면 주방 보조를 자처하는 작은아이가 도와준다. 엄마와 함께라면 기꺼이 조수이자 견습생인 마르미통marmiton이 된다. 뜨거운 불 앞에서 주걱으로 열심히 저어준 이 견습생의 특권은 막 만든 향긋하고 새콤한 잼을 맨 먼저 빵에 발라 맛보는 것이다.

냄비 바닥이 다 보일 정도로 싹싹 긁어서 병에 넣고 줄을 세워 놓으면 다가올 가을과 겨울, 달콤한 아침을 보낼 생각에 한층 여유로워진다.

Confiture d'abricots

살구잼

살구 1kg   흰 설탕 500~700g(당도 선택)   레몬 1개(즙)

1   살구와 레몬은 깨끗이 씻어 물기를 제거한다.

2   살구는 2등분하여 씨를 제거하고 다시 5~6등분한다.

3   레몬은 도마에 잘 굴려 부드럽게 만든 다음 2등분하여 즙을 짠다.

4   큰 냄비에 살구, 설탕, 레몬즙을 넣고 위아래로 섞어준다. 불에 올려 푸르르 한 번 끓
    으면 불에서 내린다. 저녁에 여기까지 해놓고 신선한 곳에서 하루 동안 보관한다.

5   다음 날 불 위에 올라갈 냄비에는 액체(과즙)만 내려서 넣고 살구 과육은 따로 남겨
    둔다. 중불에서 액체를 먼저 끓인다.

6   불 위에서 끓기 시작하면 15~20분 정도 더 끓인다. 그런 다음 살구 과육을 첨가하
    고 10~15분 정도 나무 주걱으로 바닥까지 잘 저어주면서 끓인다. 중간에 거품이 뜨
    면 제거한다.

7   5분 정도 더 끓이다가 잼의 농도를 체크해 본다. 오목 접시에 찬물을 담고 잼을 한두
    방울 떨어뜨려 퍼지지 않으면 불을 끈다.

8   소독한 잼 병에 잼을 담는다. 뚜껑을 닫고 병을 뒤집어 놓는다. 다시 원위치로 놓고
    보관한다.

프랑스 가정에서는
어떤 식용유를 쓸까

　프랑스에 도착하자마자 중고로 붉은색 피아트를 구입한 우리는 낯선 차와 빨리 익숙해지기 위해 자주 길을 나섰다. 운전하기 좋아하는 남편이 항상 운전대를 잡았고, 나는 조수석에 앉아 지도책을 펼쳐보며 길을 찾았다.

　5~6월, 프랑스 북부를 여행하다 보면 벌판이 온통 유채 꽃으로 노랗게 채워져 있곤 했다. 차창 밖으로는 아득히 먼 곳까지 펼쳐진 푸른 초원과 유채 꽃밭이 교대로 스쳐 지나갔다. 탄성을 지를 만큼 아름다운 풍경이었다.

　이렇게 시각적인 즐거움을 주는 유채는 효용성도 큰 작물이다. 유채 꽃과 씨로 꿀을 만들기도 하고 식용유, 가축 사료, 물감 재료, 연료로 사용하기도 한다. 특히 유채기름colza은 프랑스 주방에서 사용하는 3대 식용유 중 하나이다. 해바라기유, 올리브 오일 그리고 유채 식용유인 것이다.

가을에 파종한 유채는 추운 겨울을 나고 이듬해 봄 노란 꽃을 피우는데, 이 시기에 이국을 여행하는 이들에게 보기만 해도 힐링이 되는 멋진 풍경을 선사한다. 프랑스에서 무척 많이 본 꽃은 온 대지를 붉게 수놓은 개양귀비(하늘하늘한 이 꽃을 좋아한다)와 동네 울타리에 핀 무궁화, 그리고 유채 꽃이었다.

프랑스 남부에서는 해바라기와 올리브를 많이 재배하고 북부에서는 유채 꽃을 많이 재배한다. 이 식물들에서 나오는 기름이 프랑스 식탁을 책임지고 있다. 한편 프랑스 남서부 지롱드^{Gironde}, 랑드^{Landes}, 피레네 지역에서는 오리나 거위, 돼지 등에서 얻은 동물성 기름을 많이 이용한다.

그렇다면 드넓은 초원에서 만나 눈인사했던 소들의 우유로 만든 버터는 어느 곳에서 사용할까. 한 통계에 따르면 남쪽 지방을 제외한 거의 모든 지역에서 골고루 많이 소비한다고 한다. 대형 마트의 유제품 코너만 잠깐 둘러봐도 수십, 수백 종의 버터들이 진열되어 있으니 그 소비량을 가히 짐작할 만하다.

이렇듯 프랑스 가정에서는 식재료에 따라 다양한 식물성 오일과 버터, 오리(거위) 기름을 적절하게 섞어 사용한다. 생으로 먹는 채소에는 좋은 식물성 오일을 적극 이용하고, 익혀 먹는 재료에는 식물성 오일과 버터를 함께 쓰되 풍미가 부족하면 취향에 따라 동물성 기름으로 보완해 준다.

나의 작은 살림살이에서도 찬장의 해바라기유, 올리브오일, 유채 식용유가 비워지면 다시 차곡차곡 쌓아놓았다. 다만 버터를 좋아하는 남편 때문에 호두 산지인 그르노블에 살면서도 호두 식용유보다 버터를 더 많이 먹긴 했지만.

지금도 버터를 보면 이국 생활 2년 차 무렵이 떠오른다. 남프랑스 지방을 여행하고 있었는데 마침 휴일인 데다 점심때를 놓쳐 대부분 레스토랑의 문이 닫혀 있었다. 그때 시스테롱Sisteron이라는 마을의 작은 카페에 들러 먹을 것을 청하니 만들어준 것이 바게트 샌드위치였다. 그런데 버터를 바게트 빵 속에 '바르는' 차원이 아니라 거의 1센티미터 두께로 두툼하게 잘라 '끼운' 게 아닌가. 넓은 장봉을 몇 번 접어 버터와 함께 넣어주는 '장봉뵈르Jambon-beurre 샌드위치'였다. 버터를 좋아하는 남편은 예전에 리비아에서 먹던 스타일이라며 매우 만족해했다.

봄 버터는 소들이 뜯어먹는 풀과 꽃 속에 함유된 클로로필, 베타카로틴으로 인해 진노란색을 띤다. 질감은 부드러우며 맛에서 싱그러운 풀 내음이 난다고들 한다. 이에 반해 겨울 버터는 대체로 아이보리색이고, 질감이 부드럽기는 하지만 맛은 다소 밋밋한 편이라고 한다.

프랑스산 버터의 겉포장을 훑어보면 두doux, 드미셀demi-sel, 살레salé와 같은 표기가 눈에 띈다. 이러한 표시는 소금sel 함유량과

관련된 것으로 각각 무염, 반가염, 가염 버터를 의미한다. 버터에 소금을 첨가하는 이유는 그 맛을 다양하게 만들고, 보관 기간도 늘리기 위해서이다. 기준이 다양하긴 하지만 대체로 버터 100그램당 소금 함량이 0.5퍼센트 미만이면 두(무염), 0.5~3퍼센트 미만이면 드미셀(반가염), 3퍼센트 이상의 소금을 넣으면 살레(가염)라고 표기한다.

버터를 좋아하는 프랑스인 1인당 버터 소비량은 연간 8킬로그램 정도이다. 1킬로그램의 버터를 얻기 위해서는 약 20리터의 우유가 필요하다고 한다. 프랑스에서 살며 나의 식생활이 점차 현지식으로 바뀌다 보니 버터 사용량도 당연히 늘어났다. 특히 디저트를 만드는 횟수와 비례했다.

하지만 아무리 프랑스라 해도 버터를 좋아하지 않는 사람도 있다. 그중 한 명이 동네 친구 오딜의 남편으로, 그는 버터를 먹지 않았다. 내가 주말에 오딜네 집에 건너가, 닭고기를 굽기 위해 팬에 버터를 넣지 않았더라면 모르고 지냈을 일이다.

르누아르의 〈부케〉와
부케 가르니

    프랑스의 인상파 화가 피에르 오귀스트 르누아르는 인물, 풍경뿐 아니라 여러 종류의 꽃이 담긴 화병 등 정물화도 많이 그렸다. 봄꽃, 꽃다발을 그린 그의 작품에는 대부분 〈부케Bouquet〉라는 제목이 붙어 있다. 르누아르는 아내가 부케를 준비해 주면 그것을 그렸다고 한다. 부케는 결혼할 때 신부가 손에 드는 작은 꽃다발을 비롯하여, 식물의 잎이나 꽃을 줄기째 잘라 다발 형태로 모아놓은 것을 가리킨다.

    음식을 준비하다 보면 식재료 중에도 '부케 가르니bouquet garni'라는 용어가 자주 등장한다. 이는 향이 나는 식물성 재료들을 여러 개 곁들여 묶은 것으로, 조리 시 아로마와 풍미를 더해주는 허브들이 그 역할을 한다. 채소나 고기 국물을 낼 때 또는 요리를 하는 중간에 넣으면 풍부한 향을 발산한다. 와인에서는 충분히 숙성되어 여러 향이 어우러져 나타나는 복합적인 향을 '부케'

라고 표현한다.

부케 가르니, 즉 허브 다발은 지역에 따라 조금씩 다르게 구성된다. 기본적인 재료는 셀러리, 파슬리, 타임, 월계수 잎이며 이 허브들을 국물 속에 넣을 때는 흩어지지 않도록 조리용실로 묶는다. 또 다른 방법으로 대파의 흰 부분을 이용해 허브들을 한 번 더 감싸주면 긴 시간 동안 국물 속에서 흩어지지 않고 꺼낼 때도 쉽게 건질 수 있다.

프로방스에서는 다른 지역보다 특히 그 고장에서 자라는 허브를 많이 사용한다. 이를 '프로방스의 허브'라고 부르며 주로 타임, 세이지, 로즈메리, 세이보리(사리에트), 마조람 등이다. 게다가 생선도 많이 먹는 지역이어서 말린 허브뿐만 아니라 신선한 타임, 펜넬, 아티초크, 딜, 오레가노, 파슬리도 자주 이용한다.

우리가 흔히 보는 허브 중에 파슬리는 이파리가 곱슬한 것과 납작한 이탈리안 파슬리, 두 종류가 있다. 먼저 곱슬한 파슬리는 열에 약하므로 생으로 많이 이용하는데 요거트, 생치즈인 프로

마주 블랑Fromage blanc, 샐러드, 허브 버터를 만들 때 다져서 넣으면 좋다. 한편 잎이 납작한 파슬리는 향이 강하고 열을 잘 견디기 때문에 부케 가르니에 많이 이용한다. 생선 요리, 고기 요리, 수프, 소스 등에 넣으면 맛과 향을 돋워준다. 특히 타불레 샐러드와 부르고뉴 달팽이 요리에는 많은 양의 파슬리를 넣기도 한다.

월계수 잎, 타임 등 말린 허브와 정향 같은 향신료는 주로 요리 초반부터 넣는 게 좋다. 반면에 코리앤더, 바질, 처빌, 세이지처럼 어린 허브는 요리의 마지막에 넣어주는 것이 좋다. 이 외에도 생허브를 곱게 썰어 생과일 디저트에 넣어주면 간단하면서도 매우 센스 있는 디저트가 완성된다.

언젠가 옛 샤토(성)를 주거 공간으로 꾸민 와이너리 주인 부부가 우리 일행을 저녁 식사에 초대한 적이 있다. 남편 에르베는 주방에서 허브를 만지느라 분주해 보였다. 도울 일이 없을까 하고 넓은 주방에 들어서니, 코스를 위한 음식과 재료들이 가득하고 할 일도 많아 보였다. 푸아그라와 바게트 빵이 나갈 채비를 하는 가운데 주요리는 오븐에 들어 있고 주방 한쪽에는 골고루 준비한 치즈 플레이트가 놓여 있었다.

에르베는 냉장고에 넣어둔 딸기를 꺼내 나에게 꼭지를 따달라고 부탁한 다음, 자신은 수북하게 쌓인 신선한 민트를 곱게 채썰었다. 내가 손질해 준 딸기를 샐러드 그릇에 담은 뒤 채 썬 민트를 가득 첨가했다. 이렇게 나온 디저트 덕분에 그날의 디너는 유종의 미를 거두었다. 처빌과 파슬리가 들어간 새콤한 새우 베린[29]부터 고기 요리, 치즈에 이르는 긴 코스를 끝내고 먹어도 속이 덜 부대끼는 듯했다.

프랑스처럼 다양하지는 않지만 우리 주변에도 신선한 허브가 웬만큼 나와 있다. 마트 신선 코너에 가면 애플민트, 로즈메리, 타임, 바질, 고수, 파슬리 정도는 쉽게 만난다. 프랑스보다 가격이 좀 비싸서 그렇지 말린 허브도 다양하게 구비되어 있으니 요리 레시피에 허브가 나온다면 적극 활용해 보자.

닭고기 가슴살을 삶을 때, 또는 돼지고기 수육에도 허브 다발(부케 가르니)을 넣으면 좋다. 사소하게 신경 썼을 뿐인데 가족이나 손님들이 미각적으로 큰 즐거움을 느낀다면 그것은 어쩌면 허브 덕분일 수도 있다.

초록콩을 즐겨 먹는
프랑스 사람들

프랑스에서 살 때 노천시장에 가는 것은 일상의 즐거움 중 하나였다. 꼭 무엇을 사지 않아도 시끌시끌한 상인들의 목소리를 들으며 푸르스름한 식재료들만 봐도 기분이 좋아졌다.

우리나라로 치면 문화센터 같은 곳에서 요리를 배운 적이 있다. 자기 차례가 되면 레시피를 들고 노천시장에 가서 이런저런 재료를 사 와야 하는 수업이었다. 제철인지 아닌지 구분을 못 할 정도로 언제나 신선하고 푸릇한 콩들이 시장에 나와 있는 것이 신기해서 '다음에는 저 재료로 요리를 해봐야겠다'고 생각했다. 그때 만난 완두콩(프티 푸아), 그리고 그린빈(아리코 베르)과 아리코 코코 플라[30]처럼 껍질째 먹는 콩들은 자주 먹어도 식상하지 않았다.

수북하게 쌓아놓고 파는 그린빈을 두세 주먹 사다가, 끓는 물에 데친 다음 프라이팬에 볶아 주요리와 함께 먹곤 했다. 그럴 때는 다른 반찬이 필요 없었다. 그런데 귀국해 보니 그처럼 자주 먹던 그린빈이 별로 눈에 띄지 않고 파는 양도 적었다. 하지만 대형 마트 냉동식품 칸을 자세히 들여다보면 간간이 프랑스에서 건너온 그린빈과 완두콩이 보인다. 비록 냉동식품이라도 넉넉하게 사다가 몇 가지 요리할 수 있어 다행이다.

특별히 도드라진 맛이 없는 그린빈과 단맛이 살짝 느껴지는 완두콩은 짭짤한 베이컨을 보태면 잘 어울린다. 게다가 민트나 파슬리 같은 허브를 넣어 조리하면 푸른 색감이 층을 이루어 더욱 돋보인다.

우리나라에서는 제철에 나온 완두콩을 사다가 밥이나 떡을 만들 때 또는 중식에 조금 넣어 먹는 정도인데, 프랑스 사람들은 이 완두콩을 그린빈과 더불어 단일 메뉴로도 매우 즐겨 먹는

다. 4~7월이 제철인 완두콩은 싱싱할 때 껍질을 까서 샐러드에 생으로(또는 살짝 데쳐) 몇 개 올려 먹으면 통통 씹히는 맛을 느낄 수 있다. 수프로 끓여서 먹거나 초록색을 표현하는 메

왼쪽이 아리코 코코 플라, 오른쪽이 그린빈.

뉴를 만들 때 이용해도 좋은 재료이다. 디종의 보방 거리에 있는 레스토랑 '루아조 데 뒥Loiseau des Ducs'에서는 완두콩을 이용한 푸른 소스를 먹으면서 멋진 연못을 떠올릴 수 있었다.

그린빈은 피망과 양파를 넣고 함께 볶아 먹어도 어울리며, 맛이 심심하게 느껴질 경우 육수에 데치면 된다. 부드러운 그린빈을 먹고 싶으면 양파, 토마토, 마늘과 함께 뭉근하게 채소 스튜로 만들어도 일품이다.

남미가 원산지인 그린빈은 프랑스로 건너와 음식에서 가장 기본적인 채소가 되었다. 프랑스인들이 그린빈을 얼마나 많이 먹는지는 학교 식당이나 뷔페에 가보면 알 수 있다. 고속도로를 타고 장거리 여행을 하다 보면 중간에 휴게소에 들르는데 가끔 뷔페를 이용한다. 바게트, 샐러드, 전채요리(앙트레), 따뜻한 주요리(플라), 디저트, 음료 등이 나란히 준비된 메뉴 속에는 항상 그린빈도 놓여 있다. 먹음직스럽게 윤기 나는 초록색 콩이 아니라 아쉽긴 하지만, 장시간 익힌 고기 스튜와 함께 먹으면 그런대로 괜찮다. 줄기 섬유질이 어디 있나 싶을 정도로 부드럽게 조리된 그린빈은 프랑스인들의 클래식한 사이드 음식으로, 감자튀김만큼 자주 등장하는 메뉴이다.

그린빈, 감자, 토마토, 양파 볶음

그린빈 350g(신선, 냉동)
감자 4개
토마토 3개
양파 1개
마늘 2쪽
소금·후추 약간
올리브오일 적당량
허브(타임, 파슬리, 바질) 약간

1 약불에서 뭉근히 익히기 위해서 재료는 너무 작게 썰지 않는다.

2 그린빈은 씻고 나서 끝부분을 자른다. 감자는 껍질을 벗겨 2등분하고 다시 6등분한다(작으면 4등분). 토마토는 꼭지를 자르고 6~8등분한다. 양파는 동그랗게 썬다. 마늘은 편 썬다.

3 넓고 깊은 냄비에 올리브오일을 두른 다음 양파를 넣고 볶다가 그린빈, 감자, 토마토를 차례로 넣고 볶는다. 마늘, 소금, 후추를 뿌려주고 허브도 넣는다.

4 약불로 내리고 뚜껑을 닫은 뒤 30분 정도 익힌다. 중간에 2~3번 재료를 섞어준다. 간을 확인하고 소금을 더 넣어도 된다.

5 불에서 내려 오목한 그릇에 담고 올리브오일과 남은 허브를 뿌려준다. 따뜻할 때 밥과 함께 먹는다.

가볍게 마실 수 있는 보졸레(Beaujolais), 부르고뉴(Bourgogne) 레드 와인을 곁들인다.

여행에서 우연히 만난
디저트

이른 봄, 노르망디 지역의 베르농Vernon 방향으로 가는 길에 비가 쏟아졌다. 파리에서 출발할 때는 한두 방울 떨어지더니 점심을 먹기 위해 예약한 호텔 내 식당에 다가서자 빗줄기가 거세졌다. 호텔 '도멘 드 라 코르니슈Domaine de la Corniche'는 지베르니 마을에서 20여 분 거리였고, 그곳 레스토랑 바로 앞에는 센Seine 강의 지류가 흘렀다. 미끄러운 돌길을 지나 식당에 들어서니 내리는 비를 쳐다보며 식사하는 손님들로 가득 차 있었다.

안내해 주는 창가 자리에 앉은 뒤 메뉴판을 살펴보고 3코스 메뉴를 주문했다. 앙트레(전채요리), 플라(주요리), 디저트별로 각각 단품을 고르는데 남편과 나는 메뉴를 서로 다르게 정했다. 남편은 훈제 연어와 그린 샐러드, 노르망디 소고기와 그라탱, 사과 오모니에르31를, 나는 트러플 수란, 대구와 흑미, 레드 와인에 조린 배를 시켰다.

프랑스 레스토랑의 코스 요리 메뉴판.

Fait Maison logo

'페메종'은 재료를 직접 만들어
쓴다는 홈메이드(가정식) 표시.
그 로고가 그려져 있는 메뉴판.

앙트레가 나오기 전에 견과가 박힌 작은 식전 빵과 굵은 소금이 뿌려진 버터가 식욕을 돋우었다. 이어서 나온 음식들은 정갈했고 질 좋은 재료를 사용했음이 느껴졌다. 그릇들은 희고 납작한 접시가 아닌, 높이가 조금 있고 색을 입힌 질그릇 풍이었다.

가장 인상 깊었던 코스는 보기에도 예쁜 디저트였다. 남편이 주문한 디저트 오모니에르는 크레프의 일종으로 복주머니 형태로 나왔다. 그리고 내 앞에는 붉은 거품으로 가득한 접시 중앙에 곱게 물든 표주박 모양의 서양배(윌리엄 배)가 우뚝 서 있었다. 이 디저트들은 내가 쿠킹 클래스나 레스토랑에서 만들던 메뉴이기도 해서 그 맛이 궁금하여 남편과 서로 나눠 먹었다.

큰 장식이나 두드러지는 스킬은 없지만 향신료 사용이나 식감, 알맞은 단맛, 그리고 조린 배의 빛깔만으로도 선택을 잘했다는 생각이 들었다. 점심으로 먹기에 부담스럽지 않은 코스가 비오는 날의 멜랑콜리한 분위기와 맞물리니 더욱 좋았다.

그곳에서 맛본 '와인에 조린 배', 즉 푸아르 포셰Poire pochée는 우리가 명절에 주로 먹는 배숙 또는 곶감 수정과를 연상케 하는 프랑스의 디저트이다. 화이트 와인으로 조리면 배숙과 비슷하고, 레드 와인으로 조리면 곶감 수정과와 닮은 느낌이다.

레드 와인에 향긋한 향신료를 넣고 끓인 후 껍질 벗긴 배를 첨가하여 조리면 된다. 붉은 소스는 윤기가 나며 달콤하다. 바닐라 아이스크림을 곁들여도 좋다. 표주박 모양을 한 서양배가 없더라도 우리 배를 이용해 모양을 다르게 해서 만들면 된다. 또는 서양배 모양 그대로 나온 통조림 제품을 사용해도 괜찮다.

배처럼 와인에 조리는 과일로는 무화과도 좋은 선택이다. 이때 무화과는 과육이 단단한 것을 고르도록 한다. 껍질을 벗기지 않은 채 조려서 차갑게 먹으니 무화과의 은은한 단맛과 레드 와인, 향신료 향이 배가되어 특별하고 색다른 맛이었다.

레드 와인에 조린 배

배 1개(또는 작은 서양배 4개)
레드 와인 500ml
설탕 100g
포트 와인 100ml(선택)
오렌지 껍질 1개분
바닐라 1개(또는 바닐라 에센스 1~2방울)
정향 2~3개
계피 스틱 1개

1   배는 4등분하고 씨 부분을 도려낸 뒤 다시 2~4등분한다. 배 가장자리를 칼로 동글린다. (서양배는 모양대로 껍질을 벗긴다.) 오렌지는 껍질만 얇게 벗겨놓는다.

2   큰 냄비에 레드 와인, 포트 와인, 설탕, 오렌지 껍질, 정향, 계피, 바닐라를 넣고 끓인다. 10분 정도 끓인 후에 배를 첨가하고 다시 20~30분 정도 끓이는데, 배에 붉은 물이 들도록 소스를 끼얹으면서 끓인다.

3   배는 아삭할 정도가 되면 꺼내서 따로 보관하고 소스는 조금 더 졸인다.

4   배와 소스는 따로 차갑게 냉장고에 보관한다. 크고 오목한 접시에 배와 소스를 담아낸다. 개인 접시를 이용해도 되며 바닐라 아이스크림과 함께 곁들여도 좋다. (서양배로 만들 때는 2~4개 준비하여 자르지 않고 통으로 한다.)

 알자스 게뷔르츠트라미너(Alsace Vendanges Tardives Gewurztraminer), 바뉠스(Banyuls), 본조(Bonnezeaux), 그 외 단맛이 있는 각 지역의 와인 등과 매칭.

프랑스
3대 양념

머스터드(*무타르드*), 즉 겨자는 아주 오래전부터 후추와 함께 향신료로 쓰여왔는데, 프랑스에서는 1292년 파리 왕실 기록부에 '겨자'라는 단어가 처음 등장했다. 디종Dijon에서는 14세기부터 알려지기 시작했으며, 각종 연회나 축제와 더불어 겨자 관련 요리법이 개발되며 세련된 양념 역할을 맡게 되었다. 현재 프랑스에서 시판되는 머스터드를 보면 1700년대까지 거슬러 올라가는 브랜드도 있다.

"Il n'y a que maille qui m'aille(내게 어울리는 것은 오로지 마유뿐이야)."

이것은 '마유Maille'라는 머스터드 브랜드 광고인데, 브랜드명의 언어적 유희를 이용한 점이 인상적이다. 슈퍼마켓 진열대에는 이처럼 널리 알려진 마유뿐만 아니라 다양한 머스터드 브랜드가 놓여 있어 무엇을 사야 할지 고민이 되었다. 신맛과 짠맛,

매콤한 맛이 어우러진 프랑스산 머스터드는 국내에서 자주 보는, 단맛이 가미된 허니 머스터드와는 다르다.

머스터드의 주요 성분은 겨자씨, 식초, 물, 소금, 화이트 와인이다. 매콤하면서 신맛이 나는 머스터드는 프랑스에서 많이 쓰는 3대 양념 중 하나로 소금, 후추 다음으로 애용한다. 토끼, 닭 요리의 국물에 풍미를 주기 위해서 머스터드를 몇 스푼 넣기도 하고, 짭짤한 타르트의 바닥에 바르면 수분이 많은 채소를 올려도 걱정을 덜 수 있다. 게다가 프랑스인들이 즐겨 먹는 송아지 요리인 블랑케트Blanquette에 넣을 경우 매우 특별한 맛을 선사한다.

프랑스 봄 들판을 노랗게 물들이던 겨자는 전보다 재배하는 양이 많이 감소되었다. '디종 머스터드Moutarde de Dijon'를 만드는 겨

병과 도기로 된 머스터드 용기.

자는 디종 주변의 오트 코트 드 본Hautes-Côtes de Beaune이나 오트 코트 드 뉘Hautes-Côtes de Nuits의 평원에서 주로 재배된다. 아이러니하게도 디종 머스터드는 디종산 겨자씨만이 아니라 오를레앙, 노르망디, 피카르드, 알자스 등 프랑스 전역에서 가져온 겨자씨로 만들고, 그보다 더 많은 양을 캐나다에서 들여온다.

이와는 달리 '부르고뉴 머스터드Moutarde de Bourgogne'는 부르고뉴 겨자씨만으로 만들어져, 프랑스에서 지리적 표시를 보호받는 IGP(Indication Géographique Protégée) 제품이다.

부르고뉴의 본Beaune에서 100킬로미터 정도 떨어진 쥐라 지역의 높은 언덕에 샤토샬롱Château-Chalon이라는 마을이 있다. 주민이

200명도 안 되는 아주 작은 마을인데, 우리와 거래하는 와이너리가 있어 몇 번인가 들렀다. 가파른 언덕을 올라 마을 안쪽에 자리한 와이너리에서 마지막 와인인 뱅 드 파이유[32]까지 시음하고 나와, 작은 식당 '카스텔Castel'로 향했다.

카스텔 식당의 언덕 아래로 포도밭이 아름답게 펼쳐져 있었으며, 모두들 전망 좋고 시원한 발코니에 앉아 식사를 하고 있었다. 자리에 앉자마자 배가 고파 이것저것 빠르게 주문했는데, 우리의 마음을 알았는지 로컬 샐러드와 버섯 오믈렛, 손바닥만한 장봉, 감자튀김, 소고기 갈비구이 등이 한꺼번에 나왔다. 식탁 위의 머스터드를 두세 개 집어 오믈렛과 고기 위에 쭉 짜서 함께 먹으니 그제야 허기가 가시는 듯했다.

작은 마을이라서 관광객이 뜸한 추운 겨울에는 문을 닫는 식당이 있는가 하면, 우리가 갔을 때처럼 여름 시즌에는 포도밭 전망의 몇 개 안 되는 식당이 손님으로 가득 찬다. 주인은 일손이 모자란 듯 주방과 홀을 넘나들며 서빙을 하느라 바빴다. 손님이 많은 이곳에서 그랬듯 간편하게 포장된 머스터드는 지역, 장소에 크게 구애받지 않으므로 식탁 위에 놓고 다양한 음식에 곁들일 수 있다.

프랑스 여행을 마치고 돌아올 때 가끔 머스터드를 몇 병 사 갖고 온다. 허브가 가미된 머스터드는 생선, 고기 요리에 알맞게 맞춰 먹으면 좋다. 국내에도 몇몇 프랑스 브랜드가 들어와 있어 대형 마트나 백화점에서 만날 수 있다. 두툼한 삼겹살을 굽는 날에 디종 머스터드를 곁들여 보길….

프랑스식 김치,
코르니숑

1840년 본^{Beaune}에서 시작된 에드몽 팔로^{Edmond Fallot}사는 아마도 가장 잘 알려진 디종 머스터드 브랜드일 것이다. 로컬 마트나 레스토랑뿐 아니라 프랑스 전역의 기념품점, 심지어 공항 면세점까지 진출해 있다. 그 본사에 예약 시간에 맞춰 찾아갔더니 각국에서 온 사람들이 모여 있었다. 시간이 되자 가이드는 머스터드의 역사에 관해 간략히 설명해 주었다. 박물관 같은 그곳에서 겨자와 관련한 자료 및 컬렉션을 구경한 뒤, 직접 머스터드 블렌딩 체험도 해보고 머스터드를 이용한 카나페도 먹어보았다.

가이드 투어를 마치고 들른 숍에는 수백 가지 머스터드 제품이 진열되어 있었다. 에드몽 팔로사는 새로운 요리법이 확대되면서 1920년대에는 겨자가 들어간 피클류까지 생산을 확장했다. 숍의 유리로 된 바닥 아래에서는 피클에 사용되는 작은 오이들이 크기에 따라 선별되는 영상이 돌아가고 있었다. 그것이 바로

피클오이인 '코르니숑cornichon'으로, 피클 자체를 가리키는 말로
도 쓰인다.

우리가 기름진 고기, 즙이 없는 텁텁한 음식을 먹으면 새콤한
맛에 끌려 김치를 찾는 것처럼, 프랑스인들도 기름지고 차가운
고기 파테pâté나 소시송saucisson 등을 먹을 때면 달지 않고 새콤한
오이피클을 곁들인다.

오이피클은 육가공품과 잘 어울려서, 부르고뉴의 전통 햄 요
리인 장봉 페르시에를 먹을 때면 언제나 옆자리를 차지한다. 또
동글게 송송 썰어 참치, 토마토 파르시에 넣거나, 연어 요리를
할 때 소스에 응용해서 넣어도 좋다. 물론 홈메이드 햄버거에도
빠지지 않고 들어간다.

코르니숑 오이는 부르고뉴의 오세르Auxerre에서 많이 생산되는
데, 일반 오이처럼 넓은 평지에서 지지대를 타고 쑥쑥 위로 자라
는 게 아니라 참외같이 바닥에서 낮게 자란다.

오이피클을 만들 때 소금, 후
추, 허브, 식초 물과 더불어 향신
료로 겨자씨를 넣는다. 설탕이 들
어가지 않으므로 처음 맛보면 신
맛이 강해 얼굴을 찡그리게 된다.
하지만 익숙해지면 자꾸 손이 가

는 '프랑스식 김치'인 셈이다.

프랑스에서 기름진 고기나 장봉(햄), 그라탱을 먹을 때 필수인 김치가 없으면 코르니숑이 그 역할을 대신해 줬다. 그래서 지금도 그때 맛이 익숙하고 요리할 때 사용하기도 하므로, 코르니숑은 냉장고에 두고 먹는 식재료이자 저장식 반찬이 되었다.

국내에서도 수입산 오이피클이 종종 보인다. 프랑스, 독일, 이탈리아에서 수입된 제품들이 대형 마트에 들어와 있는 것이다. 새콤달콤한 피클인 줄 알고 샀다가 맛을 보고 후회하는 사람이 더러 있다. 물론 단맛이 나는 피클도 있지만, 유럽산 코르니숑 제품은 대부분 신맛이 강하고 씹으면 아삭하다는 점을 참고하자.

여행지에서 즐기는 특별한 시간 여행

＜ 부록 ＞

발걸음을 느리게 만들고 '쉼'이 있는 공간. 그런 곳 중 하나가 수도원이다. 도심 속 성당과는 다르게 관광객이 많지 않아 여행길에 들러 숨을 고르면 편안했다. 인상적이었던 수도원 몇 곳과 주변 풍경을 소개해 본다.

프랑스 북부 노르망디의 '몽생미셸 수도원Abbaye du Mont-Saint-Michel'으로 가던 중 멀리 희미하게 보이는 수도원 전경이 아름다워 잠시 차를 멈췄다. 물이 빠져 드러난 드넓은 갯벌을 맨발로 가로질러 수도원 언덕을 향해 걸어가는 사람들이 보였다. 갯벌 앞 초지에서는 양떼가 풀을 뜯고, 경계의 끝인 나무 울타리에는 개와 양 그림 옆에 "양 조심"이라고 쓰인 푯말이 걸려 있었다. 거대한 수도원 내부의 혼잡함과는 사뭇 다르게 평화로운 풍경이었다. 수도원 초입에 있는 '라 메르 풀라르La Mère Poulard' 레스토랑은 프랑스 대통령

몽생미셸 수도원.

을 비롯하여 유명인들이 자주 찾던 곳으로, 수플레처럼 부풀린 달걀 오믈레트 등 노르망디 특별식을 맛볼 수 있다.

다음으로, 남부 아를^{Arles}의 수도원은 고요하고 한적했다. 5월 초 불어오는 미스트랄이 머리카락을 헝클어뜨리는 가운데 수도원을 찾았다. 반 고흐가 건너편 언덕에 올라 화폭에 담은 '몽마주르 수도원^{Abbaye de Mont-majour}'의 외관은 눈앞에서 하늘도 무섭게 가리는 거대한 돌벽으로 대면하지만 돌 틈에서 자라난 가녀린 개양귀비 꽃을 보았을 때는 자연의 위대함 내지 그 자연을 보살피는 신에 대한 경외감마저 들었다. 수도원 바로 앞 몽마주르 수도원 식당의 점심 메뉴 중 2코스로 가볍게 먹을 수 있는 고기 또는 생선 요리와 감자튀김은 함께 간 일행들도 맛이 일품이라고 칭찬했다.

한편 남부의 '토로네 수도원^{Abbaye du Thoronet}'에서는 울퉁불퉁한 돌들이 세월에 깎여 매끄러워진 길을 따라 입구로 들어서면 푸릇한 무화과나무, 아몬드나무가 맞아주었다. 수도원은 전체적으로 낮고 간결한 로마네스크 양식의 테라코타 건물로, 건축가 르 코르뷔지에의 작업에 영감을 준 곳이라고 한다. 그래서 남편의 제안에 따라 무너진 돌담 안의 뜰을 천천히 둘러본 뒤, 무화과 열매가 주렁주렁 매달린 나무 밑에서 시간 가는 줄 모르고 한참을 쉬었다. 토로네 수도원에서는 우리의 느린 발걸음처럼 유유자적 거닐며 구경하는 백발의 노부부들 모습이 보기 좋았다.

옛 수도원이나 역사적 가치가 있는 장소가 지금은 호텔이나 작은 숙소로 바뀌어 사용되기도 한다. 그런 숙소에서 한 번쯤 묵고 싶었는데, 운 좋게 출장 겸 여행길에 두 곳이나 동시에 만날 수 있었다. 첫 번째는 프랑스 동부 브장송Besançon의 수도원 흔적이 남아 있는 작은 호텔이고, 두 번째는 프랑스 역사박물관이기도 한 옛 왕립 제염소 내부의 숙소였다.

브장송의 언덕 위 골목 안쪽에 위치한 '르 소바주Le Sauvage' 호텔은 빅토르 위고의 생가와도 멀지 않았다. 실내 인테리어는 수도원을 연상시키는 모노톤 벽과 조명, 옛 도시 지도로 장식되어 있었고, 조식 공간에는 품격 있는 개인 커트러리와 홍차, 커피, 아침 빵 등이 가득 놓여 있었다. 숙소의 차분한 아침 분위기는 잠시 후 무거운 트렁크를 끌고 떠나야 할 문 밖 세상과 다른 시공간에 와 있는 듯한 착각이 들게 했다. 시간만 허락되면 더 머물고 싶었던 곳이다.

유네스코 세계문화유산인 '왕립 제염소Saline Royale d'Arc-et-Senans'의 넓은 내부에 위치한 숙소는 이름난 디자이너의 감각이 느껴지는 콤팩트한 공간이었다. 우리가 선택한 룸은 작았지만 누리는 공간은 한없이 컸고, 과거로 시간 여행을 온 듯 기분이 묘했다. 밤에는 은은한 조명을 받는 18세기 기하학적인 건물에 탐닉하고, 다음 날은 이른 아침부터 풀잎을 털며 자유롭게 산책한 후 오픈 전 박물관과 서점을 구경하는 등, 그 혜택만으로도 충분히 만족스러웠다. 기회가 되면 그곳의 음악회, 미술 전시회에 맞춰 또 가보고 싶다. 아침 식사는 넓은 정원을 가로지른 곳에 마련된 별

퐁트브로 왕립 수도원.

도의 공간에서 제철 과일과 커피, 빵 등을 자유롭게 먹을 수 있었다.

동부 루아르의 '퐁트브로 왕립 수도원L'Abbaye Royale de Fontevraud'도 인상 깊었다. 이 수도원은 12세기 프랑스 아키텐 지역의 왕녀이자 프랑스-영국 분쟁의 씨앗이 된 알리에노르 왕비와 영국 왕 헨리 2세가 잠들어 있는 곳으로, 그 아들 사자왕 리처드 1세도 함께 봉안되어 있다. 수도원 뒤쪽엔 정원과 넓은 채소밭이 딸린 모던한 호텔과 레스토랑, 현대미술관이 자리 잡고 있으며 호텔에 묵을 경우 특별히 수도원 전체를 구경할 수 있다.

몇 해 전 남편이 이끄는 '와이너리 및 미술, 건축 관련 투어'에서 일행과 함께 이 수도원을 방문했다. 수도원 방문 시간이 길어질 듯하여 입구에서 점심을 먹고 들어가기로 했는데, 이른 시간임에도 벌써 야외 테이블 자리에 앉아 느긋하게 식전주를 즐기는 커플들이 눈에 띄었다.

우리는 단품으로 몇 가지 먹기로 하고 먼저 샐러드를 주문했다. 잠시 후 나온 샐러드를 보니 담음새도 세련되고 예뻤으며 신선한 채소들이 가득했다. 우리나라의 쪽파와 비슷하게 생긴 '오뇽 프레oignon frais'를 맨 위에 올린 게 인상적이었다. 오뇽 프레는 양파보다 맛이 달고 순하며, 작고 동그란 모양의 흰 구근처럼 이름도 신선한 양파, 새 양파 등으로 불린다. 우리가 먹은 샐러드에는 5~6센티미터 크기의 흰 부분만 올려져 있었다. 가볍게 비네그레트소스가 뿌려져 나온 샐러드를 살살 버무려 먹었다.

다음 날 아침 식사를 한 호텔 레스토랑은 모던한 디자인으로 꾸며져 있었다. 따뜻하면서도 엄숙한 아름다움이 느껴졌으며 뷔페 음식들도 여느 조식과 차림새가 달랐다. 특히 따뜻한 수란(외프 포셰)은 이른 아침의 깔깔한 입맛을 다스려주어 두 번이나 갖다 먹었다. 또 수도원 정원에서 온 허브, 채소들이 조용히 찬조를 한 듯 다른 곳에서 보지 못한 음식들이 돋보였다.

우리 부부는 여행에서 숙소를 찾을 때 규모가 큰 호텔은 가급적 피하고 지역적 특색이 잘 드러나는 곳을 선택한다. 그러기 위해 함께하는 여행은 항상 소규모를 고집하고 있다. 하루 종일 바삐 이동하다 저녁이 되어 머무는 숙소라면 조용함과 안락함이 우선되어야 하지 않을까. 그렇게 정한 숙소는 다시 가고 싶은 곳이 되어 새로운 여행을 부추긴다.

프랑스 본토는 2016년 13개 레지옹(우리나라의 '도'와 비슷한 개념)으로 행정구역이 통합, 개편되었다. 이해를 돕고자 본문에 나오는 주요 지명을 표시했다.

- ⚪ 오베르뉴론알프(Auvergne-Rhône-Alpes)
- 부르고뉴프랑슈콩테(Bourgogne-Franche-Comté)
- ⚫ 브르타뉴(Bretagne)
- ⚪ 상트르발드루아르(Centre-Val de Loire)
- ⚫ 코르시카(Corse)
- ⚪ 그랑테스트(Grand Est)
- ⚪ 오드프랑스(Hauts-de-France)
- ⚪ 일드프랑스(Île-de-France)
- ⚪ 노르망디(Normandie)
- ⚪ 누벨아키텐(Nouvelle-Aquitaine)
- 옥시타니(Occitanie)
- ⚫ 페이드라루아르(Pays de la Loire)
- 프로방스알프코트다쥐르(Provence-Alpes-Côte d'Azur)

· — 프랑스 와인 라벨 읽는 법 — ·

1. 와인명
2. 원산지명(원산지 통제 명칭)
3. 생산자명(와이너리)
4. 포도밭명(한 곳 또는 여러 곳을 합침)

5. 생산자가 병입함
6. 와인 용량
7. 알코올 함량
8. 생산자의 주소

위 내용을 종합해 보면 다음과 같다.

▶'코트 드 브루이(Côte de Brouilly)'는 샤토 티뱅(Château Thivin) 와이너리가, 프랑스 보졸레 지역의 코트 드 브루이 경사면에 위치한 '7개 포도밭(Les sept vignes)'에서 수확한 포도로 만든 레드 와인이다. 용량은 750ml, 알코올 도수는 13.5도.

* 수확 연도(빈티지)는 라벨에 함께 표기하거나, 오른쪽 사진처럼 병 위에 별도 표기함.

미주

1   2016년 오베르뉴 레지옹과 합쳐 현재는 '오베르뉴론알프(Auvergne-Rhône-Alpes)' 레지옹이 되었다.

2   Auguste Escoffier, 《Le Guide culinaire(1921)》(Flammarion, 2007) 참고.

3   jambon. '잠봉'이라고도 부르지만, 이 책에서는 프랑스어 표기법에 따랐다.

4   Jacques Médecin, 《La bonne cuisine du Comté de Nice》(Solar, 2003) 참고.

5   시루블(Chiroubles)은 보졸레 10대 크뤼 와인 중 하나.

6   sauté. 기름이나 버터를 이용하여 팬에서 센 불로 익히는 조리법.

7   potée. 돼지고기와 햄, 채소 등을 넣고 끓인 스튜.

8   pot-au-feu. 소고기와 채소 등을 넣고 끓인 스튜.

9   Quiche (lorraine). 알자스로렌 지역의 타르트.

10   장 앙텔므 브리야 사바랭, 《브리야 사바랭의 미식 예찬》, 홍서연 옮김(르네상스, 2004) 참고.

11   tartine. 자른 빵 위에 버터나 치즈를 바르고 채소, 고기, 햄, 허브 등을 올려 먹는 오픈형 샌드위치.

12   pâté. 고기나 생선을 곱게 다지고 양념하여 오븐에 구운 후 차게 해서 내는 요리.

13   tourte. 반죽을 두 개 만들어 하나는 바닥에 깔고 속 재료를 채운 뒤 나머지 하나로 덮어서 굽는 요리.

14   amuse-bouche. 본 식사에 앞서 식욕을 돋우는 간단한 음식.

15   Gravlax. 생연어에 소금, 설탕, 허브 등을 넣고 절인 것.

16   François-Régis Gaudry, 《On va déguster la France》(Marabout, 2017) 참고.

17   밀가루를 손으로 비벼서 만든 좁쌀 모양의 파스타.

18   pâte brisée. 설탕이 들어가지 않은 반죽의 일종.

19   steak haché. 프랑스어 발음은 연음해서 '스텍까셰'에 가깝다.

20 bifteck haché. 소고기 다짐육을 이용한 스테이크.

21 Crème de cassis. 블랙커런트 열매에 당을 추가해 만든 리큐어.

22 guéridon. 바퀴가 달린 사이드 테이블.

23 장 앙텔므 브리야 사바랭, 《브리야 사바랭의 미식 예찬》, 홍서연 옮김(르네상스, 2004) 참고.

24 accords mets-vins. 흔히 결혼을 의미하는 '마리아주(mariage)'란 단어로 설명하기도 한다.

25 château. 원래는 성(城)을 뜻하지만, 와인과 관련된 경우에는 포도밭을 직접 소유, 경작하여 와인을 만들고 병입하는 와이너리에 사용하기도 한다.

26 남프랑스에서 부는 차가운 북풍.

27 헤이즐넛, 코코아 스프레드 브랜드이다.

28 brasserie. 음료와 식사가 가능한 카페 겸 식당.

29 verrine. 작은 유리컵이나 병에 음식을 담는 방법.

30 haricot coco plat. 그린빈보다 납작하고 긴 깍지콩.

31 크레프 속에 재료를 넣고 보자기 형태로 싼 디저트.

32 Vin de Paille. 포도를 밀짚 등에 널어 말려 당도를 높인 후 발효시켜 만든, 스위트 와인의 일종.

레시피 찾아보기

프랑스 음식 여행

레시피가 있는 프랑스 집밥 이야기

초판 1쇄 발행 | 2024년 1월 15일

지은이   배혜정
책임편집   박혜련
디자인   MALLYBOOK
제작   공간

펴낸이   박혜련
펴낸곳   도서출판 오르골
등록   2016년 5월 4일 (제2016-000131호)
팩스   070-4129-1322
이메일   orgelbooks@naver.com
블로그   blog.naver.com/orgelbooks

ISBN 979-11-92642-06-2 03810